Leve Horst Hrubesch, ik segg blots een Wort: Velen Dank!

Matthias Stührwoldt ist Bauer und Schriftsteller zugleich. Er wurde 1968 geboren, lebt mit seiner Frau und seinen fünf Kindern im schleswig-holsteinischen Stolpe und bewirtschaftet dort einen Biohof. In seinen Büchern erzählt er vom Leben auf dem Land und das mal hochdeutsch, mal plattdeutsch. „Ich glaube, ich wäre ein schlechterer Bauer, wenn ich nur Bauer wäre und ein schlechterer Autor, wenn ich nur Autor wäre." Stührwoldt beschreibt seinen Alltag mit unerschütterlichem Humor. Neben Kühe melken und Gülle fahren, nimmt er sich auch immer wieder Zeit zum Schreiben. Seine Bücher heißen „Verliebt Trecker fahren", „Schubkarrenrennen" oder aber „Nütz ja nix" (alle erschienen im ABL Bauernblatt Verlag GmbH). Im Quickborn-Verlag liegen mit „Lever he as ik!", „Dat blaue Band" und „Dat meiste geiht doch vörbi" drei plattdeutsche Bücher vor, von denen z.T. auch Hörbücher erschienen sind.

Inhalt

Vun Vadder un mi	7
Mien Vadder, de Buer	13
Wenn Vadder böös weer	17
Ton Football mit Vadder	21
Koh nah den Bullen bringen	24
Dat Konfirmationsfoto	30
Düster Tieden	32
Vadder in de Kööк	35
Halv friewillig	38
In Lehrwirtschaft	42
De Biohof	46
Junge Johren	51
Tosamen	59
Vadder un sien Hupen	66
Int Rentenöller	68
Geschenkte Johren	75
De Daag dornah	97
Wat blifft	103
De Kortenspelers	109
Kaffee un Koken int Moor	111

Vun Vadder un mi

Vadder un ik, wi harrn dat nich eenfach miteenanner. Aver dorvun mol af, wokeen hett dat ümmer blots eenfach mit sien Kinner? Oder mit sien Öllern? Ik bün seker, dor mutt dat knartschen, wenn dat goot ween schall. Wenn dat nich knartscht, denn heet dat nix anners as: Du, Söhn, oder du, Dochter, büst mi egol. Oder, in de anner Richt, du, Vadder, oder du, Mudder, geihst mi an Mors vörbi. Ik meen, ofschonst du di weder dien Kinner noch dien Öllern utsöken kannst, is de Normalfall jo, dat du dien Öllern oder dien Kinner leev hest. Wat schallst du ok moken, trüchgeven kannst du ehr nich; du musst eenfach dormit lang. Un denn kannst du ehr ok glieks leev hebben, anners weer dat all noch veel leger. Un wenn du ehr leev hest, denn gaht se di even nich an Mors vörbi un du argerst di över ehr, oder du freust di över ehr. Jedenfalls hest du een Meenen, un wenn du een Meenen hest un de anner ok, denn gifft dat even nich ümmer blots Leevde, denn gifft dat machmol ok Larm. Un Knartsch. Un Striet.

De Kunst is, liekers tosamen to holen. Ok wenn man nich de sülbige Meenen hett. Ok wenn man Striet hett, över bestimmte Themen, un dor villich ok nich tosamen kümmt. Bi uns weer dat so. Oh, Vadder un ik, wat legen wi quer in manche Frogen, mit unse dösigen Böllerköpp. Machmol hebbt wi uns anquakt, machmol weern wi beleidigt, machmol hebbt wi wenig schnackt, aver ümmer weer klor: Wi hoolt tosamen; ant End hoolt wi doch tosamen.
Üm ehrlich to ween: Ik glööv, Vadder weer dat klorer as mi. Dat geev Tieden, dor harr ik em eenfach över, un dat dat nich ton Bruch keem, dat leeg ehder an Vadder as an mi. Denn hett he trüch trocken, hett de Schnut holen un töövt. Bi Mudder hett he sik denn över mi beklogt; Mudder hett mi dat vertellt, un irgendwann, as dat in mien un in sien Kopp wedder köhler wörr, leep sik dat denn allens wedder trecht. Un dat weer goot, so as dat weer.
Manche Familien kriegt dat Tosamenholen nich trecht, un wohrschienlich is dat oftins ok eenfach Glück, of dat klappt oder nich. Villich hett man den wunden Punkt bi dat Gegenöver jüst dropen oder jüst verfehlt, un dat mag entscheidend ween, aver ik glööv, dat hett ok veel dormit to doon, wo övertüügt man vun sik sülben is un wo

goot man een anner Meenen eenfach stahn laten kann, ok wenn man sik över ehr argert. Un dat kunn Vadder. Nich goot, aver he kunn dat. Jedenfalls beter as ik, as ik jung weer. Ik meen, ik heff mit 21 den Kontakt to mien besten Fründ afbroken, wiel he nah'n Bund gahn is un ik gegen dat Militär weer. Dorför heff ik Idiot een Fründschap wegschmeten! Kannst mol sehn, wat för'n bekloppptet Morslock ik weer. Natürlich, achteran heff ik dat bereut, aver dor weer dat to laat.
Liekers, dat weer ok jüst de Tiet, dor weer ik in de Lehr, un op den tweeten Bedriev, op den ik weer, dor heff ik sehn, wo dat enden kann, wenn Vadder un Söhn nich miteenanner schnackt. De ole Buer un sien Söhn, mien dormoligen Chef, hebbt ünner een Dack leevt un nich een Wort miteenanner schnackt. Nich op platt, dat kunnen se nich; denn de Familie keem ut Ostpreußen, aver ok nich op Hochdütsch. Nich een Wort! Un dat weer een lütt Buernhuus. De ole Buer harr sien Stuuv direkt blangen de Kööк, hett aver nich mit de Buernfamilie eten, sünnern ümmer een Teller hinstellt kregen, den he denn alleen eten müss. Villich wull he dat ok, ik weet dat nich. Jedenfalls weer dat ümmer de frostigste

Stimmung, de man sik vörstellen kunn, wenn wi an Disch seten un eten un schnacken, un de Ool leep dörch de Köök. Solang he dat hören kunn, helen all de Schnut, un wenn he weg weer, schnacken se över em. Un wenn ik machmol mit mien Chef tosamen an Disch seet un de Ool wull sien Söhn wat seggen, denn sä he to mi: „Kannst meinem Sohn mal sagen, dass das rotbunte Bullenkalb krank ist.“ Sien Söhn dä denn so, as harr he dat nich hört, un ik sä to em: „Übrigens, dein Vater lässt ausrichten, dass das rotbunte Bullenkalb krank ist.“ Un mien Chef fröög mi: „Was hat es denn?“, un de Ool dä so, as harr he dat nich hört, also fröög ik em: „Was hat das rotbunte Bullen-kalb denn?“, un de Ool anter: „Üblen Durchfall. Der muss Medizin haben.“, un mien Chef dä so, as harr he dat nich hört, un ik sä to em: „Dein Vater meint, üblen Durchfall, und er müsse Medi-zin haben.“ Un de Chef sä to mi: „Okay, ich kümmer mich darum.“, un de Ool dä so, as harr he dat nich hört, un ik sä to em: „Der Bauer sagt, er kümmert sich darum.“ De Ool nickköpp; he weer tofreden, un ik heff dacht, hör mol, dat is doch nich normal, wo beschüert köönt Minschen ween, wo is de verstekte Kamera? Aver dat weer keen Fernsehen; dat weer dat

wohre Leven, blots, dat düsse beiden – Vadder un Söhn – för eenanner nich mehr ant Leven, sünnern storven weern. Wi harrn oftins solke Trialoge, un ik heff dormols dacht, Minsch, heff ik dacht, man kann jo mol Striet un Arger un Larm hebben, aver man mutt doch ümmer miteenanner schnacken könen, wenigstens schnacken un respektieren, dat de anner ant Leven is, wenn he noch ant Leven is.
Ik heff bestimmt veel lehrt vun mien Vadder, mehr villich, as ik gern togeven wull, aver dat Wichtigste, wat ik vun Vadder lehrt heff, is, dat een Familie tosamen hört un tosamen holen schull, ant End, ganz egol, woveel Striet man miteenanner hett. Alle mööt dorto bereit ween, aver wenn dat klappt, denn hest du in dien Leven würklich wat, op dat du di verlaten kannst. Un dat is nich eenfach, nix int Leven is eenfach, wenn dat goot ween schall, aver wenn dat goot is, achteran, denn föhlt sik dat mit eenmol eenfach an un schön un is all den Kummer wert.
Düt Book vertellt vun mien Vadder, vun sien Leven un sien Doot, un dat vertellt vun mi un seker ok vun mien Mudder, mien Broder, mien Fru un mien Kinner. Dat is keen Book blots ton Lachen, aver dat is ok keen Book blots ton

Blarrn. Dat is een Book ut miene Sicht; villich sünd manche Saken vun anner Lüüd anners beleevt worrn, aver so is dat nu mol. Anner Lüüd kiekt anners op de sülbigen Saken. Un jeder hett recht, oftins. Machmol ok nich.

Mien Vadder, de Buer

Dat is ulkig, wenn du vun Buernhof kümmst. Wenn dien Öllern beide op den Hof arbeit - so weer dat bi uns, as ik Kind weer - denn hest du dien Öllern den ganzen Dag bi di rüm un du kannst sehn, wat se mookt, den leven langen Dag. As ik 1974 nah School hin keem, dor geev dat dor twee Sorten Kinner: de Buerngören un de annern, de nich wüssen, wat ehre Vadders dagsöver moken dän. De föhren morgens weg un keemen avends wedder. Eene Mitarbeiterin in Kinnergoorn hett mi mol vertellt, dat manche Deerns bit Barbie-Spelen Ken ümmer versteken hebbt, in de Speeltüch-Kist. Se wüssen nich, wat he moken schull. Se wüssen nich, wat Kerdls mookt, wenn se nich weg sünd. Blots, wenn se weg sünd, sünd se echt.

Bi uns Buerngören weer dat anners. As Jung heff ik noch dacht, dat sowieso all de Lüüd Buern sünd. In miene Grundschoolklass in Stolpe weern villich föffteihn Gören; un meist de halven dorvun weern Buernkinner. Dorto keemen noch Kinner vun een poor Landarbeiters un de Dochter vun Schlachter, dat weern eegentlich ok Buernkinner. Meist all de Frünnen vun mien Öllern weern Buern, Unkel Kalli weer Buer, all weern se Buern, heff ik dacht. Un wi Buerngören, wi wüssen, wat unse Öllern moken dän. Se fuddern un misten un melken un streut in un föhrt Trecker un Meihdöscher. Un se harrn nie Tiet för uns, un an Urlaub oder so weer gor nich to denken. Eegentlich hebbt unse Öllern dat sülbige mookt as wi mit uns Speeltüch: Buer spelen. Dat hebbt de Olen ok ümmer so nöhmt. Buer spelen. Wenn een jung Mann den Hof vun sien Vadder övernehm, so säen mien Öllern ümmer: He schall nu Buer spelen.

Wenn ik an mien Vadder denk, denn is he ümmer in sien Arbeitstüch: Prinz-Heinrich-Mütz, Gummistebeln, brune, schietige, vun den Schiet ganz stiefe Manchesterbüx, een blaukariertet Hemd mit krempelte Arms, doröver een blauen Pullunder, vun Oma strickt un dor, wo dat Lenkrad vun Vadders Fendt em an Vadders Buk dörchschüert harr, vun Mudder mit een anner Farv stoppt, un denn noch de unvermeidliche blaue Arbeitsjack doröver, in Vintage-Look, mit Destroyed-Elementen. Hüüt is dat hip, du kannst nogelniege Jeans in Laden köpen, de seht ut, as harr Vadder ehr twee Johr an hatt, bi de Arbeit.

Mien Vadder sehg so sehr ut as een Buer ut Billerbook, dat een Fründ vertellt hett, he un sien tweejohrige Dochter stünnen mol achter mien Vadder in de Schlang bi'n Bäcker, un de Deern, de noch nie op een Buernhof west weer un de blots een Buernhof-Billerbook harr, dat de Öllern ümmer mit ehr ankeken, wies op mien Vadder un reep: „Guck mal, Papa, ein Bauer!"
Dorbi wull Vadder eegentlich gor nich Buer warrn. He hett mi mol vertellt, dat he as Jung to gern Schmidt warrn wull. Op den Weg nah School hin keem he ümmer an de Dörpsschmeed vörbi un hett den Schmidt tokeken, wo he mit sien hittet Iesen op den Amboss hau. De Schmidt harr de gröttsten Muskeln överhaupt, he schweet as dull un weer vun dat Füer ganz düster int Gesicht. Oh, mien Vadder wull ok so stark ween, he wull ok Schmidt warrn. Aver he dröff nich. Dat geev överhaupt keen Diskussion; he is nich mol froogt worrn. He möss eenfach hölpen, vun Anfang an, un sien lütten Broder schull wat Beteres warrn. So is Vadder Buer worrn, un ik glööv, he hett dor nich mit hadert. Solang ik mi besinn, weer Vadder Buer mit Liev un Seel. Un he weer villich nich de beste Buer, denn man sik vörstellen kann, aver he weer de beste Buer, de he warrn kunn. He hett dat best ut allens mookt,

tosamen mit mien Mudder, un as se mi den Hof övergeven hebbt, 1998, dormit ik Buer spelen kunn, dor weer de Hof dreemol so groot as 37 Johr tovör, as se anfungen harrn, un liekers schuldenfrie. Mien Öllern hebbt würklich wat schafft in jüm ehr Leven. Of se ümmer allens richtig mookt hebbt, is een anner Froog, aver mien Vadder hett meist sien ganzet Leven doran glöövt, dat du as Buer bestahn kannst, wenn du blots flietig un ehrlich un sporsam noog büst un ümmer dien Reken betahlst. Erst in sien letzten Johren, as de Hööf rundrum ümmer weniger wörrn un de ersten jüm ehr Land an Investoren verköpen, de nich ut de Landwirtschaft keemen, üm dat Land denn trüch to pachten, üm wieder Buer spelen to könen, op fremdet Land, dor füng ok Vadder an to twiefeln.

Wenn Vadder böös weer

As ik een Jung weer un Vadder een Kerdl int beste Öller, twüschen veertig un föfftig, dor kunn Vadder richtig, richtig böös warrn, un oft ok ganz plötzlich. Sien Jähzorn weer legendär, un mien Broder Udo hett mi mol vertellt, Vadder harr em in de Stuuv mit een Stock haut, un Vadder hett uthoolt un mit den Stock boben dat Glas vun de Stuuvenlamp kaputt mookt. De Scherben keemen rünner, un dor is Vadder noch böser worrn un hett nochmol düller tohaut, ofschonst he jo doran Schuld weer un nich Udo, aver doröver kunn man mit Vadder nich schnacken, jedenfalls nich in den Ogenblick.
Ik heff tweemol vun Vadder wat lang Fell kregen. Eenmol harrn wi jüst een niege Deelendöör kregen, för de groot Deel, un ik heff mit mien Fohrtenmess doran rüm schnitzt. Dat harr ik an de ole Döör ok mookt, un nie hett nüms wat seggt, aver nu kreeg ik glieks een an de Flapp, un ik heff dat later erst verstahn.
Een anner Mol weer ik alleen an Stolper See; ik weer acht Johr olt un harr jüst Schwimmen

lehrt. Ik schull to een bestimmte Tiet wedder bit Hus ween, aver denn weer mien Broder ok an See un ik bün mit em noch nah Wankendörp föhrt, wo he een Footballspeel harr, un denn heff ik de Tiet vergeten, un as ik endlich nah Hus keem, dor harrn mien Öllern sik Sorgen mookt. Ik föhr op den Hof, mit Rad, un Vadder keem mit twee Melkemmers in de Hannen övern Hof. He leet de Emmers fallen, de Melk schwapp över un denn is he nah mi hin komen un hett mi een ballert, dat ik den ganzen Avend blarrt heff. Hüüt glööv ik, ik bün to fröh nah Huus komen. Weer ik later komen, harr he sik wiss wedder freut, irgendwann.

Un eenmol, dat weet ik noch as hüüt, hett Vadder unsen Football op den Misthupen schoten. Udo un ik harrn op den Hof Football speelt, un Vadder weer jüst dorbi, de Molke för de Kalber aftofüllen, dor flöög de Ball in den Molkebottich, un Vadder kreeg de Molke int Gesicht. Dor is he ganz root worrn, hett sik den Ball grepen, is nah den Misthupen hinlopen un hett den Ball dorop schoten. Allerdings harr he soveel Schwung, dat sien Gummistebel achteran flogen is. Dor müssen Udo un ik lachen, aver Vadder hett uns so böös ankeken, dat wi leever fix utneiht sünd.

Meist aver weer Vadder böös un ok brutal mit de Köh un nich mit uns. Oh, wat kunn he füünsch warrn över Köh! Dormols harrn wi jo noch een Anbindestall, un in Sommer, wenn de Köh vun de Weid keemen un nich dorhin güngen, wo se schullen, oder se pauen bit Melken, denn hett Vadder machmol de Köh verjackelt, as wull he ehr doot hauen. Mudder sä ümmer, se stünn denn blots still in de Eck un hett to sik sülben seggt: „Herr, vergib ihnen, denn sie wissen nicht, was sie tun…“, un ik weet ok, worüm. Denn eenmol heff ik seggt, Vadder schull doch mol de arme Koh in Roh laten, un mit eens harr ik den Zorn op mi trocken un he bölk mi an, un ik dach, he wull mi verjackeln. Dor bün ik lever utneiht, aver Vadder weer een poor Daag böös mit mi, villich, wiel he sik sülben pienlich weer.
Johren dornah jedenfalls, ik weer in de Lehre, dor sä de Buer to mi, he weer recht jähzornig, un machmol weer he böös mit de Köh, dor schull ik mi nix bi denken, he wüss, dat dat nich richtig weer, un he arbeit doran, un ik heff dacht, oha, dat kenn ik. Aver as ik dat mol beleevt heff, wo he denn mit de Koh böös worrn is un mit ehr schimpt hett – „Doofe, alte Tante!“, hett he ropen – un ehr mit de flache Hand op den Rüch haut,

dor heff ik dacht: Hä? Dat weer nu allens? Dat is doch gor nix! Tscha, dor wüss ik, dat Vadder sik machmol würklich nich in Griff harr, fröher, un ik heff mi freut, dat ik keen Kooh west bün, bi Vadder in Stall.

Ton Football mit Vadder

1976, as ik acht Johr olt weer, heff ik anfungen, in Wankendörp Football to spelen. Teihn Johr lang, vun 1976 bit 1986, heff ik in de dorigen Jugendmannschaften speelt, de meiste Tiet in Sturm oder int offensive Mittelfeld. In düsse teihn Johrn is mien Vadder dree Mol mit west, üm to to kieken.

Dat erste Mol weer noch teemlich to Anfang, villich 1977 oder so. Dat weer in Wankendörp, op den Bolzplatz achter den Krog, un ik weet noch genau, dat dat een vun miene schlechtesten Speele weer; denn ik kunn mi överhaupt nich op dat Speel kunzentreeren. De ganze Tiet heff ik nich op den Ball acht, nee, ik heff blots ümmer nah mien Vadder hinkeken un em wunken, so dull heff ik mi freut, dat he dor weer. Ik heff den Ball nich eenmol hatt. Aver ik heff düchtig wunken.

Dat nächste Mol, dat Vadder mit keem to Football, weer Sünndag, de 11.11.1979. Wi speelten vörmeddags utwarts in Aukrug achter Niemünster, un Vadder weer een vun de Fohrers. Wi weern noch bit Warmspelen; Fritzer hett Flanken schlogen; ik wull in de Mitt en Flugkoppball

moken; Grobi wull den Ball wegschlogen, mit den Foot. He hett mien Kopp dropen. Ünnert Oog weer de Huut opplatzt; ik heff blött as een afstoken Schwien. Noch bevör dat Speel anfüng, seet ik al wedder bi Vadder int Auto, mit een Handdook vör dat Lock, un Vadder schull mit mi nah Niemünster int Krankenhuus föhren, üm mien Kopp neihen to laten.
Vadder aver harr keen Lust, mit mi int Krankenhuus to föhren. He meen, in de Notopnohm, dat wörr to lang duern, wi schullen lever nah Dr. Koltze hinföhren, unsen Huusarzt in Wankendörp. Also sünd wi in Niemünster ant Krankenhuus vörbi föhrt, aver as wi bi Dr. Koltze weern - Vadder sä ümmer: Hans Messer - dor weer de nich dor. Weer ja Sünndag, un af un to harr schienbor sogor Hans Messer wat vör. Also sünd wi nah Huus föhrt, Mudder weer besorgt, aver Vadder hett erstmol een Stück Brot eeten un denn int Amtsblatt keken, welke Doktor Notdeenst harr. Dat weer de ole Arzt in Schillsdörp, halv wedder nah Niemünster hin. As wi dor ankeemen, hett de sik ganz in Roh dat Lock in mien Kopp ankeken un mit de Pinzette noch een Grasbüschel dor rut holt, un denn meen he, villich weer wat mit dat Jochbeen, villich broken oder so, wi schullen man nah Niemünster int Krankenhuus

föhren, dor kunn dat röngt warrn. Also seten wi bald wedder int Auto, af nah Niemünster, Krankenhuus, Notopnohm, töven. Dat Jochbeen weer noch heil; se hebbt dat neiht, un pünktlich to melken weern wi wedder int Huus. Vadder harr lang nich soveel Auto föhrt, un ümmer her un hin un hin un her.

Un dat letzte Mol, dat Vadder föhrt is, weer in Harvst 1980. Utwarts in Tungendörp. De tweete Halvtiet weer halv vörbi, dor bün ik in een Lock pett un heff mi dat Knee verdreiht. Dat hett so weh doon; ik heff düchtig blarrt. De Trainer wull Vadder un mi int Krankenhuus nah Niemünster schicken, aver Vadder meen, wi kunnen jüst so goot nah Hans Messer föhren. Mit een Mol dä mien Knee gor nich mehr so weh, un ik bün wedder op den Platz humpelt. Ik kunn nich mehr veel lopen, aver wi kregen noch een Ölbenmeter; dorför weer ik as Schütze inplant, un mit dat stiefe Been heff ik dat Twee-to-een-Siegtor schoten, mit Pieke. Bald dorop weer dat Speel to End, un ton Glück is Vadder nie wedder op de Idee komen, bi'n Football to to kieken. Ik meen, ik glööv ja nich an son Quatsch, aver in miene Tiet as Jugendfootballer hett Vadder mi Unglück bröcht; soveel is mol klor.

Koh nah den Bullen bringen

Op den Hof, dor harrn Mudder un Vadder jeder jüm ehre fasten Opgavenrebeten; ik meen, Mudder harr ländliche Huuswirtschaft lehrt un ok een poor Johren op dat Rebeet arbeit, op verscheden Gutshöf, un Vadder harr twors nie Fremdlehre mookt – sien Vadder, mien Opa, weer kränklich west, nah den Krieg, un Vadder harr op den Hof blieven un arbeiden müsst, aver he weer to Landwirtschaftsschool gahn, tscha, un denn hett he Buer speelt, tosamen mit Mudder. Vadders Opgaven sünd fixer optellt as Mudders. Vadder hett de Butenwirtschaft mookt, den Ackerbu, dat Gröönland, dat Treckerföhren, de schworen körperlichen Arbeiden - also Köh fuddern un Schwien un Köh un Kalver utmisten, mit de Hand, also nich mit de Hand, sünnern mit Schüffel un Mistkoor – un den Finanzkroom. Dat heet, he hett de Reken betahlt un Bookföhrung mookt, wobi Bookföhrung bi em heten hett, de Kontouttöög un de Rekens tosamen in een Schohkarton to schmieten un all half Johr nah den Bookföhrer hin to bringen. Dat weer sien Arbeit op den Hof, un in sien friee Tiet hett he sik int Dörp engagiert, weer aktiv in de Füerwehr un in de CDU, wat oftins so goot as dat sülbige weer, weer Vörsitter vun Rietvereen un lange Tiet in Gemeenderat, ok lange Tiet stellvertretende Bürgermeister vun Stolpe, un ok veer Johren lang erste Bürgermeister, jüst in de Tiet, as ik konfirmeert wörr, dat weer recht günstig för mi dormols; dor tehr ik hüüt noch vun.

Un de Rest vun de Arbeit weer Mudders. Dat heet: Mudder hett molken; Mudder hett de Kalver versorgt; Mudder hett de Schwien fuddert; Mudder hett Vadder holpen bit Köh fuddern un instreuen; Mudder harr Höhner un hett de Eier int Dörp verköfft; Mudder harr Göös un hett se sülben schlacht un ruppt un verköfft un ut de Fellern Fellerbetten moken laten - ik meen, wi hebbt 45 Fellerbetten int Hus, halven Meter dick un so schwor, du kannst di nich bewegen, wenn du dor ünner liggst, aver wi hebbt ehr - un denn harr Mudder noch een Gemüsegoorn, hett den ganzen Huusholt alleen mookt, Eten kookt, ok för Oma un Opa, un dat Eten denn dorhin föhrt, tscha, un wenn bi uns Kinner wat weer, Öllernavend in de School oder so, dor is ok meist Mudder hinföhrt. Se harr würklich ganz schön Stress, un as se eenmol ünnerwegens opholen worrn is, as se inköfft hett, dor harr se vörher mit koolt Water Kartüffeln opsett un harr so kalkuleert, dat se so nah Hus keem, dat se rechtiedig de Kartüffeln rünnerstellen kunn, vör se överkoken. Aver nu duer dat länger mit ehr, un Vadder seet mit een Vertreter to Beer drinken in de Kööк. De Kartüffeln koken över; Vadder hett sik wunnert; dat stink nah Rook un de Luft weer schlecht, also hett he dat Fenster un de Döör open mookt un frische Luft rinlaten, aver op de Idee, den Herd rünner to stellen, is he nich komen; dat weer jo Mudders Arbeit. As se endlich nah Hus keem, seet Vadder blangen den Herd mit de anbrennten Kartüffeln un hett sik bannig verfehrt, as Mudder mit em schimp. An düssen Middag geev dat keen Kartüffeln, dat weer selten, un den Pott mit de verkohlten Kartüffeln hett Mudder wegschmeten, ofschonst se eegentlich nie irgendwat wegschmeet; dat weer nich ehre Ort.

Manche Saken op den Hof hebbt Mudder un Vadder aver ok in Teamwork mookt, un allermeist weern se een goodet Team. Eene Saak, de se ümmer tosamen mookt hebbt weer: Köh nah den Bullen hinbringen. Ik meen, as ik een Jung weer, dor harrn wi ümmer etwa veertig Köh, un wi harrn ümmer eene bunte Herde. Dat leeg an Mudder; se wull nich blots schwattbunte Köh hebben, sünnern ok rootbunte, Angeliter un Jerseys. Mudder hett sogor mol eene griese Schwattbunt-Charolais-Krüzungskoh anmolken, un wi weern de eenzigen Buern, de jemols so een Diert molken hebbt, un dat ümmerhin dree Johr lang, aver normalerwies harrn wi dörtig Schwattbunte, fief Rotbunte, dree Angeliter un twee Jerseys. Un blots för de Rotbunten, de Angeliter un de Jerseys keem de Besamer, dormit düsse Köh ok wedder rotbunte, Angeliter oder Jersey Kalver kregen, aver för de Schwattbunten harrn wi ümmer een Deckbullen. Un een Koh nah den Bullen hinbringen, dat weer ümmer Teamwork.

Erst hebbt se ümmer de Koh ruthoolt, ut den Stall, un hebbt ehr buten op den Hof anbunnen, mit een Strickhalfter. In den Stalldeel vun dat Huus weern extra Anbinderinge ut Iesen inmuert in de Wand, un dor hebbt se denn de Koh anbunnen, un Mudder bleev bi de Koh stahn un hett oppasst, dat se nich den Mors wegdreih, wenn de Bull vun achtern kümmt. Ik meen, kann man sik ja vörstellen: Du büst een Koh, wullt nah den Bullen hin, un denn hoolt se di erstmol ut den Stall rut un bind di buten mit den Kopp vör de Muer an. Un denn steihst du dor un kiekst de Muer an, un denn kümmt dor wat vun achtern, un du wullt jo ok weten, wat kümmt dor vun achtern,

un de normale Reaktion is: Du dreihst di üm un kiekst, aver denn steihst du mit den Mors an de Wand, un de Bull kann nich mehr ropspringen. Dorüm bleev Mudder bi de Koh stahn, hett gegenan holen un oppasst, dat de Koh nich den Mors wegdreih, wenn de Bull vun achter kümmt.
Un denn keem mien Vadder mit den Deckbullen, ok mit een Strickhalfter, aver tosätzlich noch mit de Führstang an den Näsenring, so dat he em överhaupt händeln kunn. Un man müss den Bullen nich verkloren, wat he moken schull, dat wüss he vun ganz alleen; ik meen, de Aas weet jo ok, wat los is, wenn he ruthoolt warrt ut den Stall, un denn steiht dor de Koh, un an leevsten will he glieks op ehr los, in Galopp, so fickerig is he, aver denn is he noch gor nich so wiet. Üm de Wohrheit to seggen: He hett dat Ding noch nich mol utschacht. Vadder müss em also een beten bremsen, dat güng jo, mit de Führstang, un denn hett he em ganz langsam ranföhrt, so dat de Bull erstmol lecken un schnuppern kunn, un denn hett Vadder ümmer över sien Schuller keken un kontrolleert, of dat Ding al rut kümmt, un wenn Vadder de Meenen weer, aha, nu geiht dat, denn hett he den Bullen een beten Luft geven, un de Bull sprüng glieks to, un Mudder stünn dor ümmer noch un hett den Mors vun de Koh fastholen,

un denn hett Mudder de Koh endlich loslaten, sik halv in een unglöövlich flinke, elegante Bewegung ünner den Bullen dükert, sik den Steert vun de Koh grepen un em gau bisiet trocken, dormit de Steert nich vör den Ingang in Weg weer un dormit de Bull beter drepen kunn, un dat kunn Mudder würklich, würklich goot. Ik meen, ik heff op verscheeden Hööf arbeit un ik heff mit verscheeden Lüüd Köh nah den Bullen bröcht, aver ik heff in mien ganzet Leven keene betere Stertbisiet-Hollerin sehn as mien Mudder.

Un, ach ja: Opklärt worrn bün ik nich vun mien Öllern. Jedenfalls nich verbal un nich mit Afsicht. Eher praktisch un so ganz blangenbi. Un dat weer keen Schwienkroom. Dat weer Kohkroom.

Dat Konfirmationsfoto

Ik weet nich, of Vadder dorünner leden hett, dat he nich de gröttste weer. Ik meen, Vadder weer nu mol nich so groot un eher vullschlank. Ümmer so üm de ningtig Kilo bi 1,65 Körpergrötte; dat weer al recht kompakt. Liekers, Vadder meen, fröher weer he schlank west, aver Mudder sä denn ümmer: „Du weerst al ümmer lütt un dick."
De Ümstand, dat Vadder nich so lang weer un ok een ganzet Stück lütter as Mudder, hett uns twee Fotos beschert, de in de Familie berühmt un unvergeten sünd. Dat weer de Konfirmation vun mien Broder, un Udo, Mudder un Vadder sünd to drütt op een Foto to sehn, wo se op de Veranda vör unse Huusdöör staht. Man süht blots jüm ehre Boberkörpers, un Vadder is een lütt Stück grötter as Mudder un Udo. All lacht se in de Kamera.
Op een anner Foto sünd se in de Totale to sehn, un man süht, dat Vadder op de dree Stufen hoch nah de Huusdöör een Tritt höger steiht as de annern beiden. Se lacht ok dor, all dree. Un jeder, de düsse Biller süht, mutt jüstso lachen.
Man kann eben ruhig lütt ween, man mutt sik

blots to hölpen weten. Un ok lütte Lüüd schmiet lange Schattens, wenn de Sünn deep steiht. Hett de ole Buer vun mien drütten Lehrbedriev ümmer seggt, un ik find, dat is een schönen Spruch.

Düster Tieden

Dat geev ümmer mol wedder düster Tieden twüschen Vadder un mi. Meist harr dat konkrete Gründe. Ik harr een Tiet, dor heff ik exzessiv Böker leest un Dagbook schreven. Dor weer ik so twüschen sössteihn un negenteihn Johr olt. Un ofschonst Vadder ok irgendwie stolt dorop weer, wo goot ik in de School trecht keem, so weer em dat ständige Böker lesen doch een Dorn int Oog; denn grundsätzlich weer dat so, dat he glöövt hett, dat de Welt in de Böker nix mit de echte Welt to doon harr. Un ok wenn he dat gern sehn harr, wenn ik studeert harr, laterhin, so weer dat doch eher so, dat he hofft hett, dat dor mol een komen müss, in de Politik oder so - dat weer sien heemliche Hoffnung, dat ik studeeren wörr un denn in de Politik gahn kunn, för de CDU natürlich - de vun Hof keem, Ahnung vun Praxis harr un dor mol oprümen wörr mang all de Theoretikers, de för em nix anners weern as Klookschieters.

Aver in de Tiet, as ik to School güng, harr ik teemlich wenig Landwirtschaft in Kopp. Wiss, ik harr mien Opgaven op den Hof, un de heff ik gern

mookt, aver in mien Frietiet heff ik mi nich mit Landwirtschaft befaat, sünnern mit Deerns, Böker lesen un Dagbook schrieven. Un ik weet noch, wo Vadder eenmol in mien Stuuv keem, irgendwat weer op den Hof, he keem mit de Arbeit nich achteran, un he hett mi anbölkt, dat ik mi blots in mien Böker verkrupen wörr un dat ik dorbi gor nich marken dä, woher dat Geld keem, dat ik verleven wörr. Un överhaupt, wi - sien Kinner, mien Broder un ik - wi weern jo in Suus un Bruus opwussen un wi wüssen jo gor nix vun dat echte, schwore Leven. He hett sik richtig in Gang bölkt, un dor heff ik markt, wo ünnerscheedlich de Welten weern, in de wi leevten.
Un denn is he een goden Dag in mien Stuuv gahn, as ik nich dor weer, un hett mien Dagbook lest. Dat weer een Notizbook mit een Schlott dorför, un he hett dat Schlott eenfach rutreten un mien Dagbook lest, un dat he dat mookt hett, heff ik em lange Tiet nich nahsehn kunnt. Dat weer för mi so een unglöövsche Aktion; dat kunn ik överhaupt nich begriepen, wo man blots doran denken kunn, sowat to moken, vör allem, wiel mien Vadder gor nich begriepen wull, dat dat een Fehler weer. He sä blots: „Ik mutt doch weten, wat mien Söhn so mookt!" un hett sik nich entschülligt un nix. Un ik heff över Monate meist nix anners in mien Dagbook schre-

ven as Hasstiraden gegen mien Vadder, un wenn ik em dorbin in düsse Tiet as „fetten, alten Sack“ beschreven heff, denn weer dat noch een vun de fründlicheren Utdrücke. Insgeheim heff ik dacht, he wörr dat wedder lesen; denn wüss he wenigstens, wat ik vun em hollen dä, so ganz bi mi.

Ik glööv, Vadder weer ok eenfach een beten neidisch op uns Kinner, de eben in annere Tieden groot worrn sünd as he. Ik meen, Vadder weer ölben, as de Krieg to End güng. He kunn blots to Volksschool gahn, un deelwies, in de Kriegsjohren, geev dat gor keen School. He müss fröh un hart arbeiden, bi sien Öllern op den Hof, un he harr gor keen Möglichkeit, sik to bilden un een beteren Schoolafschluss to kriegen. Dor harrn wi dat soveel beter, un dat hett em neidisch mookt.

Un mi is hüüt noch pienlich, dat ik Vadder sien mangelhafte Bildung vörholen heff. In mien Ogen weer he dormols een ungebildeten, groven Klotz, de sien Meenen vun dat Buernblatt un de CDU-Parteizeitung vörkaut kreeg. Üm de Wohrheit to seggen: Ik weer een hochnäsigen, sülbstgerechten Schnösel, de ut een teemlich komfortable Position över sien Vadder urdeelt hett. Un machmol, wenn ik wat seggt heff, harr ik lever de Klapp holen schullt. Aver dat wüss ik dormols noch nich.

Vadder in de Köök

As ik so sössteihn, söbenteihn, achtteihn weer, hebbt wi uns mit de Clique oft bi uns in de Köök dropen, rund üm den groten Kökendisch, vör wi los föhrt sünd to Disco oder Grillfest. Dat wi uns bi uns drepen, harr verscheden Gründe. Erstmol leeg unsen Hof zentral, wat de Lüüd ut mien Clique angüng; wi harrn noog Platz to parken op den Hof; de Verkehrsanbindung weer goot; denn de Hof is direkt an de Autobahn. Ok harrn mien Öllern nix dorgegen, dat wi Kinner Besöök kregen, un bi uns geev dat ümmer Beer un Besökerzigaretten för ümsünst, ok wenn dat blots Holsten Edel un Lord Extra weern, aver in de Not schmökt un suppt de Düvel Flegen.

Also seten wi friedags oder sünnavends all rund üm den Kökendisch un schnacken un drunken Beer un schmöken, un wenn mien Öllern denn rin keemen un se wullen sülben noch los, to Füerwehrball oder se weern to Geburtsdag inlaadt, denn güngen se erst an uns vörbi, de wi in de Köök seten, in den Heizungsruum, hebbt de schietigen Stallklamotten dor to drögen ophungen;

denn sünd se in de Baadstuuv un hebbt sik wuschen, un denn sünd se in Unnertüch an uns, de wi in de Köök seten, vörbi in de Schlopstuuv gahn, üm sik för den Avend fein antotrecken. Mudder is ümmer ganz gau dörch lopen, in ehr Angora-Ünnerwäsche, un Vadder keem ümmer in sien Doppelfeinripp-Ünnerhemd, ümmer de Dumens achter de Drägers klemmt, un in sien Doppelfeinripp-Ünnerbüx, un denn bleev he bi uns in de Köök stahn un hett erstmol een Buddel Beer mit uns drunken.
Mi weer dat ümmer sowat vun pienlich, aver dat hett mien Vadder nich stört. Un, ganz blangenbi, Vadder sien Ünnerbüxen, de weern speziell. Mien Vadder harr sommerdag as winterdag ümmer so dreeviertellange Ünnerbüxen an, de güngen bit dorhin, wo de Gummistebeln ophelen. Un mien Vadder keem ut schlechte Tieden; he hett sien Ünnerbüxen noch richtig opdragen. Wenn se öller weern, weern se oft an de Kneen dörchschüert, un mien Oma hett all de olen Ünnerbüxen vun mien Vadder an de Kneen stoppt, de weern stoppt an de Kneen, aver nich mit wittet Garn, sünnern mit blau, gröön, bruun, geel, wat Oma even an Garn över harr, se meen, dat kriggt ja doch nüms to sehn. Naja, un manche vun de olen Ünnerbüxen weern ok een beten utleiert, ik meen, kann man

sik jo vörstellen, du arbeitst den ganzen Dag buten, hest villich sogor Hanschen an, un denn musst du jo twüschendörch ok mol, egol, mit de Hanschen dorin, naja, manche vun de olen Ünnerbüxen harrn nich blots Ingriff, nee, se harrn ok Inblick, aver dat hett Vadder nich stört. He stünn dor un hett een Buddel Beer mit uns drunken.
Mi weer dat pienlich, aver all mien Frünnen muchen mien Vadder gern. Een Tietlang hebbt se sogor versöcht, sien liesen meckerndet Lachen nahtomoken. Se weern deelwies nich schlecht, aver an besten kunn Vadder dat doch sülben.

Halv friewillig

Anners as annere Buernöllern hebbt mien Öllern mien Broder un mi relativ in Roh laten, wat de Arbeit op den Hof angüng. Seker, wi müssen mithelpen, aver dat heel sik in Grenzen. Bit ik ölben weer, müss ik nich regelmäßig arbeiden, sünnern mien Broder, de fief Johren öller is as ik. He müss nahmiddags de Köh un de Mastbullen fuddern, Heu un Stroh vun Böön rünnerschmieten un de Köh in Sommer vun de Weid rinholen. Dat all tosamen duer in de Regel rund een Stünn, un as mien Broder mit sössteihn in de Banklehre keem, 1979, dor güngen siene Opgaven an mi över.
Ik funn dat nich schlimm. Dat hörte eenfach to mien Dag dorto, un wenn ik för de School to öven harr oder to Geburtsdag inladt weer, denn müss ik ok nich arbeiden. Naja, un to düsse regelmäßigen Opgaven keem denn noch Steen Sammeln, Heu oder Stroh Inföhren un ok eenfache Treckerarbeiden dorto, walzen oder eggen ton Bispeel. Dat heet, ik harr twars een beten Erfahrung mit den Trecker, aver dat weer noch nich so in mien Fleesch un Bloot as bi anner

Buernjungs in mien Öller, vun de man machmol den Indruck hebben kunn, se weern op den Trecker geboren un mit Diesel un Motoröl stillt worrn.
Mien Vadder hett mi mol vertellt, dat he ümmer Angst harr, dat uns wat passier, wenn he uns evenso fröh op den Trecker sett harr as de annern Buern int Dörp dat deelwies mit jüm ehre Söhns mookt hebbt. Dorför weer Treckerföhren för uns ümmer wat Besünneres. Aventüer statt Arbeit. Anners as bi so manch annern, de al de Freud ant Treckerföhren verloren harr, as he noch to School güng. Dor weer dat denn al Pflicht un nich Kür, un ik bün mi seker: Manch eenen hett sien Hof al hasst, lang bevör he em kreeg, düssen Barg an Arbeit, de eenen nie nich in Roh lett.
Ik bün mien Öllern un besünners mien Vadder dankbar, dat se uns - mien Broder un mi - doch unse Frieheit loten hebbt. Dat harr twars op de eene Siet to Folge, dat mien ersten Lehrherr sik beklagt hett, dat he noch nie vörher een Lehrling harr, de vun Hof keem un so wenig kunn - aver ehrlich, man geiht doch in de Lehr, üm to lehren, aver veele Chefs wullen doch lever een billigen Arbeider, de an besten allens al kann; dat is hüüt noch so, de Buernzeitung is vull mit Anzeigen vun Buern, de blots Lehrlinge int tweete Johr

sóökt, blots nich int erste! - op de anner Siet bün ik hüüt mit Freuden Buer, wiel ik de Frieheit un de Gelegenheit harr, de Landwirtschaft för mi sülben to entdecken.
So kann ik ok seggen, dat ik - anners as mien Vadder - de Frieheit harr, Buer to warrn. Vadder is nich fraagt worrn. He müss Buer warrn. Wo-keen harr sik anners üm den Hof un üm Oma un Opa kümmern schullt? Un so hett he sik al as Jung den Droom, Schmidt to warrn, ut den Kopp schlogen. Ok ut düsse Erfahrung rut hebbt Vadder un ok Mudder nie vun mien Broder un mi ver-langt, den Hof to övernehmen.
Liekers weer dat so, dat ik ganz dütlich föhlt heff, wat mien Öllern sik vun mi vörstellen. Ik meen, mien Broder harr den Buernhof nich in sik; dat weer fröh klor, dat he nich Buer warrn wull, tscha, un denn weer dor blots noch ik. Un ik harr anner Neigungen un ok Talente; ik weer een Bökerworm, aver mi weer klor: Wenn ok ik den Hof nich wull, dat wörr mien Öllern dat Hart breken. Also heff ik seggt, ik wull Landwirtschaft lehren un laterhin den Hof övernehmen, aver so richtig seker weer ik mi dormit noch nich, mit miene achtteihn Johr. Aver dat sik mien Öllern doröver freut hebbt, weer ganz dütlich to föhlen. Opmol hebbt se wedder Pläne för den Hof mookt

un fungen an, een niegen Loopstall för de Köh to planen. Dat möök jo nu Sinn. Buern denkt ümmer över Generationen hinweg, tominnst, wenn se echte Buern sünd. Un nu weer een niede Generation för den Hof in Sicht, un de Tokunft fung an. Un mi wörr so een beten mulmig tomoot. Wiss, ik wull friewillig Buer warrn, un hüüt bün ik mi seker, dat weer de richtige Entscheidung; denn ik freu mi över jeden Dag, den ik Buer bün. Aver dormols, an Anfang, dor weer dat Wullen ok tomindst so een beten halv friewillig.

In Lehrwirtschaft

De erste Lehrsteed hebbt mien Öllern mi besorgt, mehr oder weniger. Ik weer jüst achtteihn worrn un güng to School, in de twölfte Klass. Ik harr seggt, ik wull nah dat Abi een landwirtschaftliche Lehr moken, un dormit ik nich erst nah den Bund oder Zivildeenst moken müss, weer dat goot, al eenen Utbillungsverdrag to hebben.
Nu, ik harr keen Ahnung vun Landwirtschaft, un mien Vadder hett mien Grootunkel Hans froogt, wat vun'n Lehrbedriev he empfehlen kunn; denn Unkel Hans weer sülbstännigen Klauenpleger; he keem veel rüm op de Hööf. He hett een dynamischen Wasstumslandwirt nöömt; ik heff dor anropen un een Vörstellungstermin afmookt, un denn sünd mien Öllern mit mi tosamen dorhin föhrt. Wenn ik nu doröver nahdenk, wo pienlich, dat mien Öllern mit mi dorhin föhrt sünd, as weer ik een lütten Jung! Aver so weer dat!
Also föhren wi över Land, as so oft in de Johren dorvör. Dat weer een vun de dree Frietietsbeschäftigungen, de mien Öllern harrn: Korten spelen, mit jüm ehre Frünnen fiern un över Land

föhren. Dat muchen mien Öllern würklich gern. Langsam, Vadder mit een Hoot op den Kopp - keen Witz, dat weer jüst so! - mien Mudder blangenbi, un denn föhren se langs den Landstraat un keken, wat de annern Buern op jüm ehre Hööf un Äcker un Weiden so moken dän. De Stau achter mien Öllern weer ümmer enorm, aver dat stöör Vadder jo nich, he weer vörweg, he kunn allerbest kieken.
As wi op den Hof ankeemen - dat weer in Ostholsteen, in Naverkreis - dor wies uns mien tokünftigen Lehrchef sien Hof. 150 Hektar, 200 Köh, Dusende Mastschwien. Mien Öllern weern beindruckt, wat förn düchtigen Buern, de sä, he wull jedet Johr üm de dörtig Hektar grötter warrn. Jedet Johr so een Hof, as wi harrn, dorto. Mi weer dat unheemlich, aver Vadder meen, de Kerdl, dat weer aver een fixen Dutt. Dormols wüss ik dat nich, aver hüüt is mi klor: Solke Wasstumslandwirte wasst oftins ok vör allem dorüm, wiel se rücksichtslose, egozentrische, sülbstverleevte Alphadeerten sünd. Jedenfalls heff ik - glieks för twee Johren, he meen, dat weer beter, twee Johren op sien Bedriev, dat weer dat beste överhaupt - een Utbillungsverdrag ünnerschreven; wi seten uns in unsen Golf, föhren wedder weg, trüch dörch Schleswig-Holsteen, över Land. Ik weer

froh, dor wedder weg to ween, de Lehr, dat weern jo noch annerthalv Johr hin, schietegol. Ik heff mien Nääs wedder in de Böker steken, un mien Öllern föhren nu anners lang, över Land, noch anner Hööf un Äcker un Weiden ankieken. Op den Rüchweg geev dat in Plön an Imbiss to de Fier vun den Dag Currywuss un Pommes för mi, un as de Lehr annerthalv Johr later anfung, dor weer ik överhaupt nich bereit dorvör.

Ik meen, ik kunn arbeiden, ik harr Knööv un Utduer, ton Bispeel wenn dat üm Strohpacken güng, aver mit Mol müss ik den ganzen Dag arbeiden, un dat weer erstmol doch een beten veel för mi. Eegentlich güng dat vun morgens üm söben bit avends Klock fief, so weer dat ankündigt, aver in de ölben Weken, de ik op den Hof weer, harr ik een eenzig Mol pünktlich Fieravend. Ik bün avends int Bett fullen un morgens to Arbeiden wedder opstahn, un as ik eenmol fief Minuten to laat rut keem, geev dat glieks Mecker vun den Chef. Meckern kunn he sowieso goot, un as ik tohuus vertell, ik wull dor weg, ik wull annerwegens hin, dor sä Vadder de beiden Sätze, de jedeen landwirtschaftlichen Lehrling överall in de Welt wohl al hört hett: „Lehrjohren sünd keen Herrenjohren. Un een Johr hölltst du dat bi'n Düvel ut.“ Ik wull dat nochmol versöken, aver innerlich harr ik afschloten, un as de September to End güng, heff ik in Sack haut un mi vun mien Broder afholen laten. Ik harr een Geföhl, as weer ik jüst utn Knast kamen, as wi af vun Hof föhren. Tscha, un nu weer ik tohuus, un ofschonst Vadder dat gern sehn harr, wenn ik op den ersten Hof bleven weer, wat mookt dat för een Indruck, wenn de Junior in Sack haut – hett he mi doch holpen, een anner Steed to finden, wo ik dat erste Lehrjohr to End moken kunn. Dor bün ik denn aver sülben un alleen hinföhrt, üm mi vörtostellen. Ik heff de Steed kregen, aver op den Weg nah Huus geev dat dütmol nich Currywuss mit Pommes. Mien Öllern hebbt sik freut, dat dat mit de Lehr wieder güng, aver de nächste Arger weer jüst üm de Eck; denn ik wull dat tweete Lehrjohr op een Biohof moken. Dat güng nu würklich to wiet, meen mien Vadder, un wi harrn richtig Stress miteenanner. Aver dat is een ganz anner Geschicht.

De Biohof

Ik weet noch genau, wo dat weer, as ik mien Vadder vertell, ik wull dat tweete Lehrjohr op een Biohof moken. Nie vörher harr ik sehn, dat een Nahricht mien Vadder so schockiert hett as düsse lütte Information. Ik meen, ik weer dorbi, an den Morgen, as de Nahricht keem, dat Unkel Kalli, Mudders Broder, mit 52 an Krebs storven weer – mien Öllern seten an Fröhstücksdisch un weenten still, un as se utweent harrn, dor hebbt se den Bestatter anropen un de Kark un den Kröger, se hebbt Truerkorten schreven, un as dat all trecht weer, dor sünd se in Stall gahn un hebbt molken. Se weern trurig, jo, aver se weern nich schockt. Ik meen, Kallis Doot weer aftosehn, un dat Leven güng wieder. Dat Leven güng ümmer wieder, un ümmer mutt en melken, morgens un avends, wenn he Melkbuer is, un wat so Lüüd sünd, de den Krieg noch beleevt hebbt so as mien Öllern, de sünd nich so gau schockt. Aver düsse lütte Nahricht vun mi, avends, an mien frieet Wekenend, an Eetdisch in de Köök: „Ach, übrigens, ich hatte gestern ein Vorstellungsgespräch, in Dannau, auf dem Biohof. Und das geht klar. Ich mach da das zweite Lehrjahr!“, düsse lütte Mitdeelung leet mien Vadder meist dat Eten ut Gesicht fallen. Total entgeistert keek he mi an, un in sien Ogen weer een Utdruck vun: „Wat hebbt wi blots verkehrt mookt? Womit hebbt wi dat blots verdeent?“

Erst kunn Vadder gor nix seggen. He keek blots mit lerdige Ogen, un denn, mit eenmol, press he ut sik rut: „De Biobuern, de koomt vör Hunger nich in Schlop!“ Un he stünn op un güng in de Stuuv un hett veer Weken lang nich mit mi schnackt.

Dormols heff ik Vadders heftige Reaktion nich verstahn, aver intwüschen weet ik, wat los weer. Wi harrn Harvst 1987, un mien Vadder weer nich in beste Verfaten. Toerst mol leeg, nah Johren vun schwore Demenz, sien Vadder, mien Opa, int Starven. Vadder harr em, tosamen mit mien Mudder un mien Oma, pleegt, so dat he in sien Olendeel blieven kunn. Oft hett mien Vadder dormols bi Oma un Opa schlapen, wiel Opa in de Nacht oft waken wörr, ganz dörcheenanner, un machmol ok aggressiv gegen mien Oma. Düsse Tiet hett mien Vadder veel Kraft kost.

Denn, in't Johr vörher, weer Vadder - de leidenschaftlich Dörpspolitiker weer, in de CDU, jo

klor - as Bürgermeister afwählt worrn, wiel de Grönen un de SPD in Gemeinderat so stark worrn weern, un Vadder hett wohl ahnt, dat sien Söhn ok gegen em stimmt harr, bi de Kommunalwahl, ofschonst he mi doch seggt harr, vörher, an Kökendisch: „De Grönen, de kannst du nich wählen! De wohnt all in Wohngemeinschaften, un veele vun de sünd Kommunisten!“
Vadders politischet Weltbild weer recht eenfach. Willy Brandt weer för em een Kommunist, de Grönen weern langhoorige, radikale Studenten, un Vadder weer twars - sowiet ik dat beurdeelen kann - keenen glövigen Christen, aver wenn Vadder an eens glöövt hett, denn an de CDU un dat dat allens goot un recht weer, wat düsse Partei moken dä. Un denn keem de Harvst 1987, de Barschel-Affäre, mit eenmol wörr klor, woveel Dreck an Stecken de CDU in Schleswig-Holsteen harr, un för Vadder brook een Welt tosamen. Ik weet nich, of Vadder dat togeven harr, aver de Harvst 87 hett em würklich fardig mookt.
Un nu, ant schlechte End vun all dat Übel, keem sien Söhn un sä so ganz blangenbi, he wull bi'n Biobuern in de Lehr. Dat weer nu würklich to veel för Vadder. Een mutt weten, dormols weer de ökologische Landwirtschaft nich so anerkannt as hüüt. För de konventionellen Buern weern de

Ökos tomeist Spinner, de keen Ahnung vun Landwirtschaft harrn. Ik meen, Vadder harr in sien Tiet as Buer all de vermeentlichen Segnungen vun de moderne Landwirtschaft mit beleevt, ton ersten Mol kunnen se orntlich düngen un wat gegen Unkrut moken, un nu wull sien Söhn, utrekent sien Söhn, nich etwa in de CDU, sünnern bi'n Biobuern arbeiden. Vadders Reaktion weer heftig un harr nich leger ween kunnt, wenn ik seggt harr, ik wull in mien Stuuv een Bordell för homosexuelle Mannslüüd opmoken oder so.
Veer Weken hett Vadder nich mit mi schnackt, un in de Tiet sehg dat ut, as harr he all sien Levensmoot verloren. Denn füng he allmählich an, sik to begrabbeln, un irgendwann harr he sik wohl an den Gedanken wennt; jedenfalls schnack he wedder mit mi. As dat denn sowiet weer, dat ik bi den Biobuern anfung, hebbt mien Öllern sogor de Inladung vun em annohmen, sik den Hof antokieken. Dat erste, wat ehr opfull, weer, dat de Biobuer Albert un sien Fru Birgit recht schlanke Minschen weern, un een beten Sorgen, dat ik dor noog to eten kreeg, hebbt se sik würklich mookt. Mien Mudder harr mi sogor noch een Tüt vull Naschis mitbröcht, för den Notfall. Naja, övertüügt worrn sünd se nich, op den Biohof, aver ümmerhin sünd se kamen, hebbt sik allens wiesen

laten un schnackt, un achterran sä Albert to mi, mien Vadder wörr noch wichtig för mi warrn, wiel he de ole Weisheit noch harr, wiel he noch wüss, wo dat güng, dormols, ohn Chemie. Albert schull recht beholen.
Verstahn hett Vadder nie, worüm ik Biobuer warrn wull; denn dat wull ik ok nah dat Lehrjohr noch; dor wörr mi klor, ik wull Biobuer ween oder gor keen Buer. Aver je öller Vadder wörr, desto weeker wörr he ok, desto mehr kunn he sik doröver freuen, dat dat mit den Hof överhaupt wieder gung. Lever Biobuer as gor keen Buer, hett he sik wohl dacht, un later, veel later, as ik den Hof kregen un ümstellt harr, dor weer he mi würklich een grote Hölp, nich blots as Arbeider, sünnern ok as Ratgever. Un ik müss keen Angst hebben, dat he nachts op egen Reken mit den Düngerstreuer oder mit de Sprütt los föhren dä. Kunn he ok nicht. Ik harr beide Maschinen verköfft. Ik brukte ehr nich.

Junge Johren

As de Lehr to End weer, dor weer ik 21 Johr olt. Mien Opa weer doot; mien Oma harr in dat Buernhuus vun mien Öllern een Stuuv kregen, un dat Olendeel vun Oma un Opa - een lütte, ole Landarbeiterkaat op de lütte Buernsteed vun mien Grootöllern - stünn lerdig. Mien Zivildienst stünn an - ik harr den Kriegsdeenst verweigert - un mien Öllern harrn sik vörstellt, ik wörr natürlich wedder in mien Kinnerstuuv trecken un harr so nah Fieravend noch schön op den Hof hölpen kunnt. Aver ik wull alleen wohnen, in Olendeel, dat weer doch sowieso lerdig.
Ik weet noch, wo ik mit Vadder doröver schnackt heff, op den Trecker. He weer ant Plögen. Nirgends sünst weer Vadder so entspannt as op den Trecker, bit Plögen. Wenn man wat vun Vadder wull, em Geld ut de Rippen leiern oder sünst een anner Togeständnis, denn weer dat an besten, wenn man to em op den Trecker steeg un een poor Mol hin un her mit em plöög. Nah een beten Smalltalk keem ik dormit rut: „Ik will gern in Omas un Opas Kaat trecken.“ „Worüm wullt du

dat?“ „Ik will mol weten, wo dat is, alleen to wohnen.“ „Woto schall dat goot ween?“ „Ik kann lehren, mi sülvst to versorgen, een Huushalt hebben, Eten koken un so…“ „Weetst wat“, sä he, un denn weer dat Gespräch to End, „Söök di een Fru. De mookt dat för di.“

Düsse Satz weer typisch för mien Vadder, un düsse Instellung is bleven, bit he storven is, 2014, mit achtig Johren: Allens, wat mit Huushalt to doon harr, weer Frunsarbeit. Ik meen, Vadder is achtig Johr olt worrn, ohn dat he sik ok blots eenmol in sien Leven een Tee, een Kaffee oder een Ei kookt hett. Wiss, he harr jo dorto lehren kunnt, aver dat wull he nich. In de Kööк weer he nich to besünners veel to bruken. Nu, he kunn sik een Brot schmeren, an Eetdisch, aver ok blots, wenn Brot, Botter, Kääs un Wuss al op den Disch stünn. Oder tominnst Brot, Botter un Zucker; denn Vadder hett sik fröher oft Zuckerbrot mookt; dat weer denn een besünners Ritual: He nehm sik een Schiev Wittbrot, schmeer dick Botter dorop, un denn nehm he sik een Teelepel vull Zucker un streu den Zucker los dick op de Botter. Denn nehm he dat Brot, böög sik dat to een lütten Trichter un streu den Zucker, de nich an de Botter kleev, wedder trüch in den Zuckerpott. Op düsse Wies harrn wi ümmer Zucker mit Botter doran in

Zuckerpott, un wokeen sik bi uns Zucker in Tee dä, de harr achteran Fettogen op sien Tee.
Dat eenzige, wat mien Vadder af un to mookt hett, in de Köök, vun sik ut un friewillig, weer Grog. Af un to hett Vadder sik Water hitt mookt för een Grog. He wüss also, wie de Herd funktioneer, dat man an de Knööp dreihen müss, üm den Herd antostellen. Ik meen, sünst hett he ümmer so doon, as wüss he dat nich, aver, naja, an dat Grogmoken wull he Mudder nich ranlaten; denn se harr ümmer dat verkehrte Mischungsverhältnis. Den dünnen Kroom much he nich.
Vadder sien Unvermögen in de Köök weer een echtet Problem, as Mudder mol to Kur schull. Ik meen, Mudder schull veer Weken weg, nah Bad Kissingen, mien Broder weer uttrocken, ik weer in de Lehr, Vadder weer alleen bit Huus un schull över de veer Weken komen, ohn to verhungern. Lang hebbt Vadder un Mudder överleggt, wo dat gahn kunn, un denn hebbt se bi anner Buern - ok Frünnen vun mien Öllern - froogt, of Vadder dor nich de veer Weken mit Middag eten kunn, mien Öllern wullen dor ok wat för betahlen. Jo, keen Problem, mookt wi so, säen de Frünnen vun mien Öllern, un denn is Vadder eenfach ümmer so lang an Disch sitten bleven, bit dat ok noch Kaffee un Koken achteran geev, un so weern al twee Mohl-

tieden an Dag weg, Middag un Kaffee, un morgens un avends schull Vadder sik sülben versorgen. Mudder harr vörher extra inköfft, för veer Weken, schneden Brot, schneden Wuss, schneden Kääs, Botter, dat ganze Köhlschapp weer vull, dat Brot harr se deelwies infroren, dormit sik dat höll, un Pumpernickel harr se köfft, de warrt jo nich schlecht, in teihn Johren nich, aver as Mudder nah veer Weken wedder keem, vun de Kur, dor weer dat all nich anröhrt; denn Vadder harr veer Weken lang to Fröhstück een Tofel Schokolaad eten un to Avendbrot een Tofel Schokolaad eten, un wenn he Döst harr, hett he sik een Beer nohmen oder sik een Grog mookt, ik weet dat nich.

Un as Vadder dat erste Mol to Kur weer - Vadder weer tweemol to Kur, eenmol Bad Salzschlirf, eenmol Bad Füssing, ik weet nich, wat toerst weer - dor harrn mien Öllern ok erst Bedenken, wo dat wohl warrt; denn dor in dat Kurheim gifft dat bit Eten jo blots Buffet, veermol an Dag Buffet, to Fröhstück Buffet, to Middag Buffet, to Kaffee Buffet un avends Buffet, un wenn mien Vadder in sien Leven eens hasst hett; denn weer dat Buffet. Mit een Teller rümlopen un sik sülben utsöken, wat man mag: Dor harr he keen Lust to. Un dat weer för mien Mudder ümmer totalen

Stress, wenn se irgendwo inlaadt weern, un dat geev Buffet. Mien Vadder hett sik an Disch sett un hett töövt, un mien Mudder hett sik sien Teller nohmen un em vull mookt; se wüss jo, wat he gern much. Se stell em sien Teller hin; he füng an to eten; Mudder güng mit ehren eegen Teller los, un as se wedder hinkeem nah den Disch; dor weer Vadders Teller lerdig un se kunn glieks wedder mit sien Teller los. Un nu weer Vadder op Kur; dat geev veermol an Dag Buffet, un Mudder weer nich dorbi - dor hett Mudder sik Sorgen mookt, aver dor in dat Kurheim weern noch veer anner ole Buern ut Schleswig-Holsteen; de weern all so as mien Vadder, un de hebbt sik an ersten Dag vun de Kur bi de erste Mohltiet an een Disch dropen; wohrschienlich hebbt se sik roken. Un denn weer dor eene Buersfru, weg vun Tohuus, harr keen Köh to melken, keen Kalver to fuddern, keen Eier to söken un keen Göös to schlachten, aver se harr fief Buern to versorgen; för veer Weken is se den ganzen Dag mit de Tellers dörch de Gegend lopen, un de Buern leten sik betüdern. Ik meen, düsse Buersfru hett dat friewillig mookt; se kunn woll nich anners, un ik weet nich, wo erholsam de Kur för se weer. Vadder jedenfalls weer goot verhoolt, as he wedder keem. „Ik bün allerbest versorgt worrn!“, sä he. He harr sogor

een poor Kilo tonohmen; dorbi harr he eegentlich afnehmen schullt, op de Kur.
Tscha, so weer mien Vadder, un nu seet ik bi em op den Trecker un wull em vertellen, ik wull sülbst lehren, mi to versorgen, wo he doch bit dorhin dörch sien ganzet Leven komen weer, ohn dat to köönen. „Söök di een Fru. De mookt dat för di.“, sä mien Vadder, un denn weer he dormit lang. Ik heff argumenteert, dat Huus vun Oma un Opa stünn jo nu lerdig, un dat kunnen Hüüs jo nu gor nich af, aver Vadder sä: „De Hütt is sowieso nix mehr wert.“ Liekers bün ik denn dor introcken. Ik wull un ik kunn nich trüch in mien Öllernhus, nich, solang mien Öllern dorbin weern. Ik weer 21, ik wull nich wedder in mien Kinnerstuuv trecken, un wenn man so will, heff ik dat Olendeel vun Oma un Opa denn instandbesett. Ik heff nich lang froogt, sünnern bün eenfach introcken, un ofschonst mien Öllern dat nu gor nich wullen un dat so wat vun överflüssig funnen, hebbt se mi doch Geld för de Renovierung geven. In dat Huus heff ik denn erst för een Johr mit mien Kumpel Stefan un denn noch söss Johr mit mien Fru Birte un een, twee, dree Kinner leevt, mit Kachelobens, eenfach verglaste Fenster un mit grote Ritzen in Footboden, in de Speeltüch verschwunn un ut de machmol Nackt-

schecken int Huus rinkeemen. Nachts optostahn, wiel een Kind blarr, un denn barfoot op een Nacktschneck to pedden - wokeen dat nich beleevt hett, de hett gor nix beleevt. Naja, Nacktschnecken warrt in düt Leven nich mehr miene Frünnen, un dat mach gemein ween, wiel de armen Nacktschnecken överhaupt keen Frünnen hebbt, aver dat is mi ok egol, ganz ehrlich. Jedenfalls harr ik mien egen eenfach Tohuus, ohn Vadder un Mudder blangenbi, un ik bün mi seker, dat weer för mi veel schworer west, een Fru to finnen, wenn ik bi mien Öllern int Hus wohnt harr. Se harrn mi nie nich in Roh laten kunnt, un Mudder weer eifersüchtig op junge Frunslüüd, de möglicherwies vun mi wat wullen. Dat hett se sogor togeven, annerletzt, as wi mit de Pastorin tosamen seten un de Beerdigung vun Vadder beschnacken. Ik vertell de Pastorin, dat mien Öllern un vör allem mien Mudder nich inverstahn weern, dat Birte un ik tosamen weern. De Pastorin hett mien Mudder denn froogt, of dat stimmt, un Mudder sä: „Jo, dat is jo ok nich eenfach, wenn dor een kümmt un will di dien Söhn wegnehmen."

Ik keek ehr blots an, un mit eenmol wörr mi veeles klor. Un ik heff mi freut, dat ik dormols uttrocken bün. Anners weer ik hüüt alleen west, alleen mit mien Mudder, ohn Fru, ohn Kinner. Wat för een Glück, dat mi dat ersport bleven is. Sünst kunn ik mi nu wohrschienlich in Fernsehen bekieken, bi „Bauer sucht Frau“, as Lachnummer för de ganze Nation.

Un, ganz blangenbi, wenn ik nu op Tour bün, bi Landfrun, un ik vertell, dat mien Fru berufstätig is un dat ik veermol de Week för de Familie koken mutt un dat ik sowohl Kartüffeln as ok Ries un Nudeln gor krieg un sogor een Brot backen un een Pannkoken moken kann, denn kriegt de Landfruen ümmer so lüchten Ogen, dat ik denk, tscha, wenn Birte mi mol utneiht, so manche Landfru wörr mi wohl gern nehmen, tominst as Hölper in de Köök. Naja, un wi weet jo alle, un dat is överall liek: De allerbesten Parties, de allerbesten Tieden hebbt wi in de Köök! Dor is Eten; dor is Drinken, dor sünd Leven un Leevde all bieenanner…

Tosamen

In August 1989 heff ik Birte kennen lehrt. Dat weer mien ersten Dag in Nortörp, in een integrative Kita. Wi weern beide in de Igel-Grupp, se as Praktikantin, ik as Zivi. Vun ersten Dag an much ik ehr lieden. Se harr kotte orange Hoor, se weer so jung un so sööt; wi verstünnen uns goot, aver se harr een Fründ, un ik harr een Fründin. So hett dat een Dreevierteljohr duert, bit Mai 1990, dor keemen wi tosamen, in Dänemark, op Römö, wo wi mit de Kita op Reisen weern, int Ferienhus.
Wi weern jung, un wi weern verleevt. Se fung an, to studieren, ik weer noch in de Kita, Zivildeenst duer dormols twintig Monat, wi hebbt jede Nacht tosamen verbröcht un all uns anner Tiet, un irgendwann in April 1991 heff ik seggt: „Wüllt wi nich heiraden?“, un se sä: „Joo.“, un denn hebbt wi Pläne mookt. Ik meen, se weer 21, ik 23, aver wi wullen dat, egol, aver, ach, mien Öllern weern dorgegen; se hebbt uns sotoseggen för verrückt erklärt, ji spinnt doch, säen se, wat wullt du mit de, sä mien Vadder, de kümmt jo nich mol vun Hof, un Mudder sä, se hett jo noch nich mol

ländliche Huuswirtschaft lehrt, un ji hebbt jo noch nich mol wat tosamen köfft, nich mol een Stohl hebbt ji tosamen köfft, un ji hebbt sowieso nix, ji sünd arm as de Karkenmüüs, un wi säen, aver wi hebbt uns, un mien Öllern lachen blots, gor nix hebbt ji. Kott seggt, mien Öllern weern sowat vun dorgegen, aver ok dorüm wullen wi dat erst recht, un wi sünd nah't Amt un hebbt dat Opgebot bestellt, een Termin mookt, un denn weer Dörpsfest, un een Naver keem nah mien Vadder hin un sä: „Dien Söhn will heiraden; he hangt op Amt in Kasten!“, un Vadder sä: „Dor weet ik nix vun.“ Tscha, un wenn Mudder sünst ümmer sä: „Laat de Lüüd doch schnacken över uns, denn laat se de annern tofreden.“, aver dat weer ehr nu ok nich recht, denn nu schnacken de Lüüd över uns. Un wi wullen keen Pulteravend un keen Familienfier, wi wullen een grote Party un jedeen schull wat mitbringen för't Buffet, aver as dat denn ganz un gor dütlich weer, dat wi keenen Spoß moken, dor hebbt mien Öllern sik affunnen un uns un de Familie nah dat Standesamt to Kaffee inladt, un avends hebbt se noch den Partyservice vun Schlachter bestellt. Dat weer een grote, bunte Fier, ant End, Birte seggt, een vun de schlimmsten Daag vun ehr Leven; denn ehr Bröder hebbt ehr entföhrt un ik heff dat stünnenlang nicht mitkregen, ik heff düssen Hochtietsspoß nich kennt, un as ik endlich in Dörpskrog ankeem, üm ehr aftoholen, dor weer se so wat vun beleidigt, un as wi nachts in uns Bett wullen, dor harrn Birtes Frünnen uns Bett afbuut un buten int Rapsfeld wedder opbuut, in August, in den nah Kohl stinkenden Raps, un de Stimmung wörr nich beter, aver dat is een ganz anner Geschicht. Jedenfalls hebbt se achteran in't Dörp vertellt, mien Vadder harr op de Fier sien Kummer in Schnaps versopen, aver mien Vadder weer selten besopen, un ik glööv, ok op uns Hochtiet bleev dat in Rohmen. Un Birte un ik, vertellen se, wi müssen jo heiraden, worüm schullen wi sünst, in uns Öller, aver op Marie hebbt wi denn noch meist twee Johren töövt, solang weer Birte in gode Hoffnung.

Also leevten Birte un ik in de Kaat; Birte studeer Pädagogik un ik heff mien Öllern op den Hof holpen un wull denn anfangen, Agrarwetenschaft to studeeren, aver dat hett mi överhaupt keen Spoß mookt, un denn heff ik an de Uni in Sack haut un een Utbildung anfungen as Erzieher in de Kita, un dor hebbt mien Öllern dacht, dat warrt nix mit den Jungen un den Hof; Vadder hett mol wedder nich mit mi schnackt, un Mudder sä to mi: „Du bringst uns noch ins Grab!“, aver so gau güng dat nich, dat

Leven güng wieder; ik heff mien Öllern op den Hof holpen, un mien Öllern hebbt uns finanziell ünnerstützt, wi harrn Striet un Larm, aver egol, wi hebbt tosamen holen, so, as ik dat lehrt heff, vun Vadder. Uns erste Dochter keem, un denn de Twillinge, ik weer ferdig mit de Utbildung un heff Landwirtschaftsschool un Höla mookt, un Birte hett ehr Studium afschloten; leevt hebbt wi vun Kinnergeld und Erziehungsgeld un Bafög un wat ik bit Arbeiden op den Hof verdeent heff, wi weern jung un wi harrn keen Geld, aver wi weern tosamen un bleven tosamen, wokeen verheirat is, de weet, dat is machmol nich eenfach, aver wenn du dat schaffst, is dat goot, un as dat Johr 1998 keem, dor weer ik bereit, den Hof to övernehmen, un mien Vadder weer bereit, em aftogeven.
Meist weer dat denn nochmol allens scheef gahn. De Johren siet de Hochtiet weern nich eenfach för mi; ik heff dorünner leden, dat dat Verhältnis twüschen Birte un mien Öllern nich goot weer, un ik heff ümmer dortwüschen stahn un dacht, ik mutt dorför sorgen, dat dat beter warrt, aver dat eenzige, wat weer, is, dat ik vun beide Sieden Druck kreeg. Un denn heff ik tofällig in München op eene landwirtschaftliche Veranstaltung een Kerdl kennen lehrt, de sülbstännig weer mit een Beratungsbüro för familiäre Konflikte op Buernhööf.

Wi keemen int Schnacken; ik vertell em vun Tohuus, un he sä, ik müss mi överleggen, mit wen ik mien Leven tobringen wull, mit mien Fru oder mien Öllern, op Duer höllt dat keen Fru ut, wenn de Kerdl in Konfliktfall nich to ehr steiht, un fröher oder later weer se denn weg un ik mit mien Öllern alleen, so eenfach is dat, un irgendwann sünd de Öllern doot, un denn is en ganz alleen, sä he, dat all bi een Buddel Beer int Stahen op een Empfang vun de Dütsche Landwirtschaftsgesellschaft DLG, een fürchterlich stiefe Veranstaltung, aver ik heff wat för't Leven lehrt, mit eenmol wörr mi allens klor. Dat ik dor nich sülben op komen weer! Un ik bün na Huus föhrt un wüss: Egol, wo dat warrt, aver nu warrt allens beter. Un so weer dat ok.

Eenmol noch weer dat knapp, wat mien Öllern un mien Fru un mi angüng. As dat üm de Hofövernahme güng, sä mien Vadder, Birte un ik müssen vörher Gütertrennung verinboren, dormit de Hof nich kaputt güng, wenn se afhuul, wo se doch sowieso nix mit den Hof to doon hebben wull, aver ik heff seggt, nee, ik heff bölkt: Entweder ji wüllt, dat ik den Hof mook, oder even nich. An unsen Güterstand warrt sik nix ännern. Birte un ik blievt tosamen, of ji dat wüllt oder nich, mit Hof oder ohn Hof.

Mit grote Ogen keken mien Öllern mi an. Se harrn mi rutschmieten kunnt. Aver se hebbt dat nich mookt, un an 1.Juli 1998 hett mien Vadder mi den Hof övergeven. Mien Öllern trocken in dat niebute Olendeel op den olen Hof, blangen de ool Kaat vun mien Grootöllern, tweedusendsöbenhunnert Meter vun unsen Hof weg, un Birte un ik trocken mit uns dormols veer Kinner op den Hof. Eegentlich sünd Birte un ik mit een poor Frünnen nich blots eenmol, sünnern tweemol ümtrocken; denn ik heff all unsen Kroom nah den Hof föhrt un all den Kroom vun mien Öllern nah dat Olendeel. Dor heff ik dat inrüümt, un Birte hett in dat Buernhuus inrüümt un de Kinner versorgt un de Hölpers bekookt; denn een beten renovieren müssen wi ja. Mien Öllern harrn mit dat Ümtrecken nich veel to doon. Dat weer schwor för ehr, nah 33 Johren lostolaten. Egol, wi weern jung un harrn veel Kraft. Dat weer een kraftfretende, aver gode un schöne Tiet.
Twee Lasters vull Müll hebbt wi dormols ruthoolt ut dat Buernhuus. Mien Öllern harrn nie wat wegschmeten, all de Johren nich, also müssen wi dat doon. De ganze Hof stünn vull mit Kroom, un ik entsinn mi, dat Vadder vör düssen Hupen stünn un ganz trurig keek, kott, bevör de Lasters keemen. Un denn is he hingahn un hett een lütten,

geelen Aschenbeker, een Werbegeschenk vun Schaumann, ut den Hupen trocken un in de Melkkomer stellt. So harr he wohl dat Geföhl, wat ut sien olet Leven to retten , un sietdem - siet söbenteihn Johr - steiht in unse Melkkommer een lütten, geelen Aschenbeker mit Schaumann-Werbung dorop. He steiht ümmer noch dor, wo Vadder em hinstellt hett, in dat Schapp för de Elektrik. Blots benutzt worrn is he nich, noch nie nich in sien ganzet, truriget Aschenbekerleven.

Vadder un sien Hupen

Wenn mien Vadder in sien Auto oder op sien Trecker seet, weer he ümmer een beten so as een lütten Jung, de ganz stolt mit sien erst egen Bobbycar üm de Eck keem. He strahl denn so as een Honnigkokenpeerd, un he harr veel Spoß doran, de Lüüd to gröten un fründlich antohupen. Dat dat Lüüd gifft, de dat nich gern möögt, wenn se anhupt warrt, hett mien Vadder nie nich begrepen. So as ik ton Bispeel, vör twintig Johr, as unse Twillinge noch ganz lütt weern. Dor heff ik ehr oftins nahmiddags in de Twillingskoor packt un se unsen olen Weg lang schoben, dormit se schlopen kunnen un dormit mien Fru un ik een Middagspaus kregen. In ehr Koor sünd se denn meist recht gau toschlopen, un jüst denn keem oftins mien Vadder mit Trecker oder Auto üm de Eck un wink un hup fründlich. Dor kunn ik mi denn seker ween, dat de Lütten wedder opwoken dän un anfungen to knötern. Soveel to de Middagspaus.
Ik heff mien Vadder dor sogor mol op anschnackt, un he weer sogor insichtig, jedenfalls dä he so as

of. Aver as ik em dat nächste Mol in de Mööt keem, wedder mit de Kinnerkoor, hett he wedder fründlich hupt. Ik glööv, he kunn eenfach nich anners.

Dor kann ik vun Glück seggen, dat ik mien Vadder nie begegent bün, as ik op Peerd seet. Mien Fru hett mi vertellt, he hett ok ümmer de Rieders op jüm ehre Peer fründlich anhupt, wenn he vörbi föhr. Ik meen, dat is nu würklich de ultimative Test, of de Peer ok tatsächlich geländeseker sünd. Vörbiföhren un hupen - wokeen denn noch boben sitt, is entweder een goden Rieder, oder he hett een ruhiget, geländesekeret Peerd.

Ok dorop heff ik Vadder mol anschnackt. Joo, sä he, ik hup ümmer so fründlich, aver meenst du, de Riederslüüd gröööt trüch? Nee, sä he, de kiekt blots ümmer böös. As of ik de wat doon harr!

Wat schall ik seggen, so weer mien Vadder. He weer so, un he kunn eenfach nich anners.

Int Rentenöller

As ik den Hof övernohmen heff, 1998, dor weer mien Vadder ok würklich riep för de Rente. He weer 64, Mudder noch 63, un de beiden hörten noch to de Generation, de sik op den Hof kaputt arbeit hett. De Kneen, de Rüch, de Schullern - allens weer op. Vadder hett, bevör he mit 65 de normale Rente kreeg, sogor noch een Johr Invalidenrente kregen. He weer schlecht to Foot, harr Hartrhythmusstörungen un weer eenfach dormit lang, mit de Arbeit. He wull Verantwortung afgeven, aver liekers noch een beten mitarbeiden; denn Buern un Buersfruns ut de Generation vun mien Öllern defineert sik över nix anners as över Arbeit, un wenn se nich mehr arbeiden kööNt, denn meent se, se sünd nix mehr wert. Jedes Mol, wenn ik nu bi mien Mudder bün un ehr in de Baadwann hölp, nu, wo se achtig Johr olt is un siet dree Johren nich mehr melken kann, denn seggt se Saken as: „Nu muss du dat ool Minsch noch in de Baadwann steken, aver dat lohnt doch gor nich mehr, wat schall ik denn noch?“
Jedenfalls, dormols, 1998, dor weer Vadder be-

reit, op Olendeel to gahn. He freu sik dorop, een beten kötter to pedden un villich ok mol weg to föhren. Wat dat angüng, dor wull Vadder sik eher mol wat gönnen as mien Mudder. Dorto keem, dat Mudder, de siet de achtiger Johren ümmer wedder Johren vun Depressionen harr, nu, wo se vun Hof trocken un se, anners as Vadder, noch nich riep dorför weer, een niege Depression kreeg. Se wüss nix mit sik antofangen, op Olendeel, un wull op keenen Fall verreisen, wiel se dat Geföhl harr, ohn ehr Hölp wörr op den Hof dat totale Chaos utbreken. Un wenn mien Öllern mol inladt weern, ton Bispeel to runde Geburtsdaag vun Mudders Vettern in Nordrhein-Westfahlen, un Vadder wull dorhin, tosamen mit Mudders Broder un sien Fru, denn sä Mudder Sätze as: „Un denn schall ik dor noch för achtig Mark int Hotel schlopen? Dat schloop ik doch gor nich af! Wi fiert bit Klock veer un mööt Klock acht wedder opstahn, dormit wi noch Fröhstück kriegt. Denn betahlt jedeen vun uns twintig Mark pro Stünn Schloop, dat is mi to düer. Dat verdeen ik jo nich mol, wenn ik woken bün un arbeit!“ Un se weer dormit dörch. Op düsse Wies hett Mudder sik jede Freud schlecht schnackt, un se wörr mit de Johren ümmer noch bitterer un keem dor nich rut, vörerst nich.

Also weern se dor, mien Öllern, jeden Dag keemen se anföhrt, mit ehren olen Mercedes, morgens un avends to melken un mien Vadder ok af un to noch to Trecker föhren, twüschendörch. Un seker, dat weer een grote Hölp, aver för mien Öllern güng dat ok üm Kontrolle. Se kunnen even noch nich ganz loslaten, jedenfalls Mudder nich, un ohn ehr wull Vadder nich weg, un statt den ganzen Dag op Sofa to sitten, is Vadder lever to arbeiden komen, över Johren. Sülvst dor harrn se noch den Alldag, op eene Wies, den Deenst in Stall, de den Dag Struktur geev un een in Draff heel, wat jo ok goot ween kunn, aver ehr oftins ok in Weg weer. So weet ik noch, dat Vadder mien Söhn Peer mol versproken harr, mit em in de Schwimmhalle to föhren. Ik meen, utrekent mien Vadder, de vun sik sülben ümmer sä, he kunn „schwimmen as een Steen un dükern as een Korken“, Vadder wull mit Peer, de jüst Schwimmen lehrt harr, in de Schwimmhalle föhren, un he harr em dat richtig toseggt. Un ümmer wedder hett Peer froogt, wann se dat moken wullen, un ümmer wedder harr mien Vadder een anner Utreed: Opa is so verköhlt, Opa hett keen Badebüx, Opa mutt erstmol Gülle föhren, wat weet ik. Jedenfalls harr Birte irgendwann Mitleed mit Peer, hett em bisiet nohmen un hett seggt: „Peer,

Opa wird nicht mit dir in die Schwimmhalle fahren. Ich weiß, er hat es dir versprochen, aber er wird es nicht tun. Vielleicht hat er nicht richtig nachgedacht, als er dir das versprochen hat. Komm, wir fahren in die Schwimmhalle.“ Un Peer weer trurig, aver he hett sik freut, dat Birte mit em in de Schwimmhalle föhrt is, un he hett sien Opa nich wedder dorop anschnackt. Un sien Opa em ok nich. Villich hett he dat eenfach vergeten. Villich weer he aver ok eenfach froh, dat Peer dat nich mehr anschnackt hett. Villich hett Vadder hofft, Peer harr dat vergeten. Harr he aver nich.

De nächste Krise twüschen Vadder un mi keem, as ik 2003 mien erstet Book rut bröcht heff. Över Johren harr ik de Geschichten dorför schreven, un över Johren weer dat mien Vadder een Dorn int Oog. Ik meen, een olen Buern wünscht sik vun sien Nahfolger nu mol meist wat anners, as dat he in de Stuuv sitt un schrifft. Un denn keem dat Book rut, un he hett dat lest - ik glööv, dat weer siet sien Schooltiet dat erste Book, dat he lest harr - un he hett dat total missverstahn. Ik meen, ik heff mi lustig mookt, dat stimmt woll, aver vör allem över mi sülben un denn erst över all de annern, ok över mien Öllern. Dat weer oftins to lachen, aver in mien Ogen weer dat to Mit-mien-

Öllern-Lachen, nich över ehr. Vadder jedenfalls hett dat nich verstahn, un dat eenzige, wat he över mien erstet Book seggt harr, weer: „Dor hest du dien Öllern aver düchtig mit Dreck beschmeten." Un he weer beleidigt, wedder mol. Dat änner sik erst, as Mudder em eenmol mitschnackt harr, as ik in mien Dörp een Optritt harr, un he beleevt hett, wo un wie de annern Lüüd lachen, un mit eenmol kunn he mitlachen. Un as ik denn anfüng, mit dat Schrieven un de Optritte Geld to verdeenen, dor hett he sien Freden dormit mookt. Denn fröög he ümmer: „Un? Wat hest kregen? Un hest orntlich Böker verköfft?" Tscha, so is dat mit de Buern: Do, wat du wullt, verkööp dien Oma, dien Mudder, dien Fru, egol, Hauptsaak, de Kasse stimmt.

So güng dat wieder, intwüschen harr ik noch anner Hölp op den Hof, een Lehrling toerst, un je öller Vadder wörr, desto weniger kunn he arbeiden. Alleen melken kunn he nich mehr, dat weer toveel Loperie, un eenmol hett he in Melkstand dat Entspannungsmedikament, dat man de Köh geven kann, wenn se to opgeregt sünd, dormit se de Melk geevt (Oxytocin, gifft dat ok för Fruuns, wenn se keen Melkinschuss hebbt, denn nich as Sprütt, sünnern as Nasenspray, inhalier, zack, un de Melk, de löppt), mit dat

Betäubungsmittel fört Kalverenthornen verwesselt, un de Koh geev ümmer noch keen Melk, also hett he nochmol nahsprütt, un zack, leeg de Koh in Melkstand un schleep. Un wie se schleep! Dat hett een dreeviertel Stünn duert, bit wi ehr wedder op de Been harrn, un dor wüss ik: Vadder schull lever nich mehr melken.
Un denn keem de Juni 2010. Vadder weer nu 76 Johren olt, un dat geev blots noch eene Arbeit op den Hof, de sien Arbeit weer, un dat weer Heu Pressen, mit sien ole Welger-Press. Vadder weer een Meister mit sien Welger, dor kunn he mit üm, dor möök em keener wat vör. Nie wedder heff ik jemanden sehn, de mit de Ballenschleuder so goot Ballen stopeln kunn as mien Vadder. Un wenn Vadder ok gebrechlich weer, so hett he sülben seggt: „Solang ik op den Trecker rop koom, kann ik ok föhren.“ Aver bit Heupressen 2010, dor is Vadder twars morgens noch op den Trecker rop komen, aver avends nich wedder rünner. He weer so stief; wi müssen em mit dree Mann vun Trecker bören. Ik heff em denn nah Hus föhrt un op Sofa holpen, un he kunn sik dree Daag nich orntlich bewegen, un wi wüssen beide, dat weer dat nu mit em un de Arbeit. As dat nächste Heu to pressen weer, heff ik em vun tohuus afholt, un he hett mi vun vörn bit achtern de Press verklort, de

ik toletzt 21 Johren dorvör in de Afschlussprüfung vun de Lehr bearbeit harr, un wi beide wüssen, dat weer nu dat letzte beten Hofövergave. Mit Tranen in de Ogen wies he mi de Press, un ok vun mien Nääs fullen de Drupen in den Stoff vun unsen Hof. Blarren, dat kunnen wi beiden goot.
Veer Monat dornah is Vadder krank worrn. He harr al lang Rhythmusstörungen ant Hart, aver mit Mol wörr dat leger, un Vadder müss in de Hartklinik. Erst sehg dat schlecht ut mit em, aver Vadder kunn twars blarren as kuum een annern, aver he weer wiss ok toog, würklich toog.

Geschenkte Johren

In Harvst 2010 müss Vadder int Krankenhuus. Se hebbt em ant Hart opereert; he hett Stents kregen, un afsehn dorvun, dat he de Narkose nich verdragen hett un över etliche Daag böös dörcheenanner weer, sehg toerst allens ganz goot ut. Denn weer he in de Reha; se harrn nochmol wat mookt ant Hart; he schull nich opstahn, aver he weer een beten tüdelig un hett dat doch mookt, un denn is he hinfullen un hett sik den Kopp anstött. Naja, he harr düchtig Blootverdünner kregen, un nu harr he Hirnblöden. Dat weer avends, as de Anroop keem, Vadder weer notverleggt worrn in een anner Stadt, in de Hirnchirurgie. He müss nachts noch opereert warrn; wi kunnen em vörher noch kort sehn. Also sünd mien Broder, mien Mudder un ik hinföhrt, nah Kiel, kort vör Middernacht. Vadder leeg dor, anschloten an veele Schläuche un eenige Hi-Tech-Geräte, un he sehg ut as een Punk. Gewiss, de Situation weer bedrohlich; ik möök mi Sorgen üm Vadder, aver liekers müss ik grienen; ik kunn nich anners.
Se harrn Vadder den Kopp halv raseert, aver nich

ünnen, nich boben, sünnern links. Op de rechte Siet harrn se em de Hoor laten, un op de linke Siet weer he kahl. He harr den coolsten Hoorschnitt, den ik mi vörstellen kunn, un dat op den Kopp vun een olen Buern mit Mitte Söbentig. Weer ik jemols mit so een Hoorschnitt nah Huus komen, dormols, Vadder harr mi wiss rutschmeten. Överhaupt, Hoor, in Rüchblick harrn de meisten vun Vadders un miene Konflikte ok mit Hoor to doon. Ik schull de Grönen nich wählen, de harrn all so lange Hoor; ik schull nich op een Biohof arbeiten, de Biobuern harrn all so lange Hoor, un so wieder, un so fort. Un as ik Abiball harr, dor harr ik den gröttsten Striet mit em överhaupt; denn ik harr schöne, lange, rode Hoor, as een Voss sehg ik ut, un ik heff mi weigert, mi för den Ball de Hoor to kämmen. Ik harr se blots wuschen, denn mit een Handdook halv dröög wuschelt un so laten. Ik sehg geil ut, funn ik, mit een Kopp so groot as een Medizinball. In all de Richtungen stünnen mien Hoor af; ik wüss, mien Fründin Uta wörr mi so lieden mögen un mien Öllern nich. Dat weer also de perfekte Look, un as ik dormit rünner keem un eegentlich los wull, mit mien Öllern to Ball, dor sä mien Vadder: „Solang du so utsühst, fohr ik nich mit di.“ Naja, een Wort geev dat anner, Vadder weer muksch, ik

weer muksch, Mudder ween, aver ik kunn nich anners un Vadder kunn ok nich anners. Ant End heff ik mi mit de Fingers kämmt un wi sünd losföhrt, aver wi weern alle beide pissig, Vadder un ik, un Mudder ween ümmer noch. Se seten denn mit lange Flappen twee Stünnen in Rittersaal vunt Plöner Schloss un hebbt schlechte Stimmung mookt, un ok för mi weer dat een schlimmen Avend. As mien Öllern endlich weg weern, heff ik mi de Hoor opwuschelt, aver dat weer nich mehr datsülbige. Ik heff denn int Auto schlopen un mi argert, dat miene Hoor mi mien Abiball versaut harrn. Aver schuld doran weer nich ik, sünnern Vadder, dat weer jo wohl klor, dach ik dormols, un ik müss wedder denken an den Dag, as ik mi endlich mol wedder de Hoor schnieden leet, nah lange Tiet, wiel se mi sülben nervt hebbt, un Vadder sä, as he mi sehn hett, mit nu wedder kotte Hoor: „Nu büst du wedder mien Söhn!“, un ik heff mi wünscht, ik weer nie nich hingahn nah'n Frisör.
Un de sülbige Vadder, dreeuntwintig Johr öller un in akute Levensgefohr, leeg nu vör mi int Krankenhuusbett op de Intensivstation un harr den coolsten Hoorschnitt, den man sik vörstellen kunn. Ik müss grienen, aver blots ganz kott. Vadder weer kloor in Kopp; se hebbt em vertellt,

wo dat üm em stunn; he wüss, dat he uns villich dat letzte Mol sehg, un wi wussen dat ok. Liesen schnacken wi mit em, Mudder hett em ünfoot, ganz sachte un vörsichtig, üm nich achter de Schläuche to hoken. Wi all hebbt een beten weent, ganz liesen, aver ik heff dacht, Vadder is olt un krank un schwach, aver he is toog. He blifft noch nich doot, hier, nu, eenfach so. Un ik schull recht beholen. Aver erstmol verafscheden wi uns vun em un gungen rut, un denn hebbt se Vadder in den OP schoben.
Nächsten Dag kregen wi Bescheed; se harrn Vadder meist de ganze Nacht opereert; dat weer goot verlopen; em güng dat sowiet goot, aver he weer noch nich övern Barg. Wenn wi wullen, kunnen wi em besöken, an Avend, aver nich all mit eenmol; dat wörr wohl toveel för em.
Aver wat schullen wi moken? Wokeen schull tohuus blieven, villich seht wi Opa dat letzte Mol, aver du dröffst nich mit? Also sünd wi all hin, Mudder, mien Broder Udo, sien Fründin Katja, sien Söhn Arik, Birte, unse fief Gören Marie, Nora, Peer, Carla, Jon un ik. Ölben Lüüd, wi passen nich mol all tohopen in den Fohrstohl nah de Intensivstation. Dor kregen wi denn Schutzkittels över, un de Doktor fröög, wo olt denn Jon weer. Negen, säen wi, un de Doktor meen, he

weer to lütt, dat weer doch een Schock för't Leven, sien Opa so to sehn, dat güng doch nich, aver wi säen, wi koomt vun Buernhof, Jon hett dode Kalver un Köh un Katten sehn, op een Buernhof, dor hört de Doot to dat Leven dorto un warrt nich versteken; wi nehmt em mit rin. Un denn sünd wi ümmer to tweet nah Vadder rin, överall weern Maschinen un Schläuche un dat piep un blink un blubber, aver Vadder weer woken un hett jedeen vun uns kennt un een poor Wöör mit uns schnackt. Un wi weenen, aver wi weern dor, un ik glööv, dat wi dor weern, all tohopen, mit Jon, weer ganz wichtig för Vadder, ok wenn he sik later nich doran besinnen kunn. Aver dat wi dor weern, weer ok wichtig för uns, as Familie, as de, de tosamen holt, ok wenn dat schwor warrt. Un ok wenn Vadder woken weer un bi Verstand: As wi rut güngen, heff ik dacht, oha, dat weer dat nu; dat warrt nix mehr. Aver, as ik al sä, Vadder weer toog.

Dat güng blots langsam bargop; Vadder keem twars irgendwann rünner vun de Intensivstation; körperlich wörr dat mit em langsam beter, aver mit den Verstand, dat hett duert. Vadder leeg veel un döös un drööm denn rüm, aver he kunn denn nich ünnerscheden, wat real weer un wat Droom. Machmol weer dat meist lustig, wenn he in Kiel in Krankenhuus leeg un mi vertell, as ik rin keem, he harr de Köh al molken; de Kühlung rummel ja noch, dat kunn man hören, un nu leep noch de Spöölapparat vun de Melkmaschien, aver sünst weer allens trecht; ik kunn Fieravend moken. Jeden Dag vertell he niege Geschichten, aver irgendwann wörr dat beter. Later, in de Reha, hett Vadder den Therapeuten vertellt, dat he siet Kinnertiet een Sprachfehler harr; he weer Stotterer west. Mit uns hett Vadder dor nie över schnackt; ik heff dat blots in de Akte leest, un mi wörr klor, dat dat Phänomen, wat ik af un to bi Vadder beobacht heff - machmol, wenn he ant Schnacken weer, deelwies ok in de Öffentlichkeit, dor müss he as Bürgermeister jo ok mol schnacken, un ik harr em deelwies de Reden schreven, ümmer mit een Satz kompletten Blödsinn dorin un dat is nie een opfullen, un bit hüüt weet ik nich, hett Vadder düsse Sätze nich mitleest oder hett dat eenfach keeneen markt, dat dat Blödsinn weer, egol, jedenfalls keem machmol een Wort nich rut, Vadder stock un hol mit een Arm ut, dat sehg ut, as wörr he Schwung holen, as müss he dat Wort över de Klippe schubsen, un denn keem dat Wort rut, un Vadder keem een beten ut de Pust dorbi - jedenfalls wüss ik nu, dat dat Reste vun sien Stottern weern, Reste ut de Kinnertiet. Ik fung an to begriepen, wat dat för een Kampf weer, jedes Mol wedder, wenn du Stotterer büst un du schallst öffentlich schnacken, un ik heff Vadder bewunnert dorför, dat he liekers rutgahn is, üm to schnacken, op siene eenfache, gode Buernort, so ganz blangenbi, un af un to een Wort, dat rutschubst warrn müss. Un ik heff mi wunnert, wo veele Stotterer dat geev, ünner de Buernjungs in Stolpe in mien Vadders Öller, mi fullen glieks dree in, villich, so dach ik, kümmt dat dorher, dat se de Kinner ümmer tosamen bölkt hebbt, dormols, „Kinner an Disch, stumm as een Fisch!" un ünnerdrückt un Morsfull geven, un ik müss denken an eene Situation mit mien ersten Lehrling, de ok Stotterer is. He keem op den Hof, weer opgeregt, wiel em wat kaputt gahn weer an Trecker, un ik stünn dor mit Helmut, een vun de olen Stotterbuern, de sik vun mi wat utlehen wull. Un de Lehrling stünn dor un bröcht nix rut, un Helmut wull em hölpen un sä to mi: „D-du d-dröffst em n-nich ank-kieken, n-nich ank-kieken!", un ik stünn dor un wüss nich, wo ik hinkieken schull, normalerwies kiekt man de Lüüd jo an, mit de man schnackt, aver nu schnack ik mit twee Stotterers, un dat weer würklich lustig, aver ik dröff nich lachen, wokeen bün ik denn, dat ik Stotterer utlach, aver lustig weer dat liekers.

Jedenfalls harr Vadder dormols Therapiesitzungen, in de he över veeles nahdacht hett, un erst dor, op siene olen, kranken, schwachen Daag is Vadder allmählich anners worrn, weker. Fröher, as ik een Jung weer , dor heff ik Vadder ümmer för een harten Hund holen, un dat weer he wiss ok, aver nu, int Öller, weer Vadder week worrn, sentimental ok un rührselig. Ik much em gern so, denn ik bün jüst so, aver ik müss dat – anners as Vadder - nich een Leven lang ünnerdrücken. Jedenfalls kunn ik goot mit em blarren, ton Bispeel, wenn he vun fröher vertell, Geschichten ut sien Kinnertiet, un denn müss he weenen, ok, wenn dat gor keen trurige Geschichten weern, liekers müss he weenen, un mien Mudder bölk em denn machmol an: „Wat blarrst du denn al wedder! Dat is doch keen Grund to Blarren!“, aver Vadder kunn nich anners; he müss blarren, un ik heff mit em tosamen blarrt, un ik föhlte, wo neeg ik em weer, un oft heff ik dacht, villich harrn wi uns all de Johren beter verstahn, wenn wi af un to mol tosamen blarrt harrn.

Nah meist veer Monate in Krankenhüüs un Rehazentren keem Vadder in Fröhjohr 2011 wedder nah Huus. De Hoor weern nahwussen; he sehg nich mehr ut as een Punk, un he weer froh, noch ant Leven to ween, froh, dat he Verlängerung kregen harr. Nu weer he een lütten Pflegefall;

morgens keem een Pflegedeenst, üm em to waschen un antotrecken, aver Vadder weer eenfach blots glücklich, wedder tohuus to ween, bi Mudder, ofschonst se sik ok oft op de Nerven güngen. Aver dat höör dorto; dat weer all de langen Johren nich anners west.
In düsse erste Tiet, as Vadder wedder tohuus weer, harr unse Verhältnis sik op angenehme Ort un Wies verännert. In Rüchblick glööv ik, sien Krankheit hett em eenfach cooler mookt, entspannter. He kunn doch nix ännern, un cndlich harr he dat begrepen. Vörher, in all de Johren, siet ik den Hof övernohmen harr, dor weer Vadder oft untofreden mit mi, dat güng em allens nich flink noog, ik heff to veel Tiet mit de Familie un de Kinner tobröcht un nich noog arbeit, ümmer harr he wat to quaken. Oft heff ik dacht, dat Udo, mien Broder, schlauer west weer as ik. He hett sik een Beruf söcht, vun den mien Vadder keen Ahnung harr - he is Bänker un Bedrievswirt - un he is fröh vun tohuus uttrocken un hett sien eegen Leven leevt, wat to Folge harr, dat mien Öllern begrepen, dat he erwassen weer. Ik dorgegen bün in Stolpe bleven un heff den Hof övernohmen, Vadder sien un Mudder ehren Hof; dor harrn se Ahnung vun, un natürlich heff ik allens verkehrt mookt, in ehre Ogen, un lange Tiet - eegentlich so

lang, as Vadder un Mudder op den Hof holpen hebbt - weer ik nix anners as de lütte Schietbütel, de nu Buer speelt, un dat weer nich ümmer eenfach, aver dat is nu vörbi.
Dat is nu siet dree Johren ganz vörbi, sietdem ok Mudder nich mehr to Hölpen kümmt, aver dat weer vörher al beter, dormols, as Vadder ut de Reha keem. He güng nu an Rollator; he wüss nu, dat he op den Hof nix mehr moken kunn, un mit eenmol kunn he dor veel beter mit üm. Vörher, dor hett he ümmer dacht, ik mutt doch, un ik kann dat ok, aver he keem knapp op den Trecker rop, un denn hett he nix schafft un weer untofreden, aver nu wüss he, he kann nich mehr, un dor weer dat veel lichter för em. He weer interesseert, dat wist, un ümmer, wenn ik dor weer, müss ik vertellen, wat los weer op den Hof, aver insgesamt harr ik den Indruck, Vadder seet olt un milde op sien Platz op Sofa - ümmer in de eene Eck; dat Polster harr dor al een Kuhl - un freu sik, noch dor to ween. Blots machmol, meist, wenn de Kinner dor weern, üm em to besöken, denn harr he Weltschmerz un sä, dat he keen Lust mehr harr to leven, aver in de Regel blöh he richtig op, wenn eener keem, to Besöök. He weer een recht wat geselligen Minschen, int Öller noch mehr as vörher.
Un denn weer dor noch wat, wat em Moot geev,

wat he noch beleven wull; denn in Mai 2012 harrn mien Öllern Golden Hochtiet, un dat wullen se tosamen fiern, groot fiern.

Mien Öllern hebbt ümmer gern fiert. Se harrn veele Verwandte un veele Frünnen, un jüst för mien Vadder weer dat wichtig, to möglichst alle Kontakt to holen. Dat güng sowiet, dat twars för Frietietsaktivitäten mit mien Broder un mi, as wi Kinner weern, nie nich Tiet weer, aver nah jeden Geburtsdag vun sien Unkels un Tanten müss he hin, över Dag, un denn hüngen Udo un ik dor rüm un harrn Langewiel, un dormit dat nich ümsünst weer, kregen wi op den Weg trüch noch irgendwo Braatwuss un Pommes. Un tatsächlich kann ik mi nich besinnen, jemols mit mien Öllern een Tour mookt to hebben, een Utfluch oder so, de för uns weer, wo wi in Middelpunkt stünnen. De eenzige Utnahme weer, dat Vadder in all de Johren, de ik Jugendfootballer weer, dree Mol mitföhrt is, üm to to kieken, un dat harr he, dat heff ik annerwogens vertellt, lever laten schullt. Aver sünst, een Familienutfluch, mol an Strand oder int Kino oder wat weet ik, dorför weer nie nich Tiet, dor weer ümmer blots de Hof, de Arbeit un de Besöök bi Verwandte. Seker, in Alldag weer machmol Platz, an Rand vun de Arbeit, wenn mien Öllern ant Melken weern, int Moor, denn keem ik mit, un dor weern denn machmol een poor Minuten, wo ik dat Geföhl harr, dat is nu aver schön, mit Vadder un Mudder hier int Moor, aver dat weer ümmer so, dat wi uns unsen Deel afzwacken müssen, een poor Minuten in Alldag, un blots eenmol, dat weet ik noch, dor harrn Vadder un ik richtig Tiet, wiel uns Auto kaputt weer, in de Feldmark, Vadder un ik weern nah dat nächste Huus lopen un harrn telefoneert, un denn müssen wi ant Auto op Hölp töven un harrn nix anners to doon un Tiet, un denn seten wi an de Böschung in de Sünn un hebbt uns ganz in Roh wat vertellt un Vadder hett mi wiest, op een Grashalm to fleuten, un dat weer so schön, dat ik hofft heff, dat kunn noch lang duern, aver denn keem de Hölp, un uns Tiet weer vörbi, aver düsse eene Stünn heff ik nich vergeten, Vadder un ik, un Vadder harr Tiet för mi.

Natürlich sünd wi ok nie tosamen in Urlaub föhrt, un as Kind heff ik dacht, dat leeg doran, dat wi keen Geld harrn, dat wi arm weern. Dat weer de Tiet, wo de ersten ut de School mit jüm ehre Öllern nah Spanien flogen sünd, oder nah Italien, mit Auto, oder tominst in Harz oder St. Peter Ording, un ik heff mol froogt, of wi nich ok mol in Urlaub föhren kunnen, un Vadder sä ümmer: „Een goden Dag föhrt wi in Urlaub." Dat nehm ik

as een Verspreken, aver dat harr he blots so hinseggt. De Urlaub keem un keem nich, un dormols dach ik würklich, dat leeg doran, dat wi keen Geld harrn, dat wi arm weern, aver mien Öllern weern nich arm, lang nich mehr, aver se hebbt ümmer so leevt, as wenn se arm weern. Nie hebbt se sik wat gönnt, un al gor keen Familienurlaub. Liekers heff ik ümmer dorop töövt, bit ik so olt weer, dat ik alleen los kunn, un denn wull ik ok nich mehr mit mien Öllern los, int Leven nich wull ik denn noch mit mien Öllern los.
Aver wat mien Öllern sik gönnt hebbt, ümmer wedder, weern grote Fiern. Tscha, dor weern veele Verwandte un Frünnen, mien Öllern sünd ümmer överall hingahn, un denn keemen ok ümmer all de Lüüd nah uns hin. As ik een Kind weer, funn dat ümmer int Huus statt; Mudder stünn dree Daag in de Köök, un denn hebbt se fiert un schmökt un sopen, an besten weer ümmer de Stimmung in de Köök, bi de Köökschen, un achteran hüng de kole Rook över Daag bi uns int Huus. De erste Fier in Krog, sowiet ik mi entsinn, weer de Sülverhochtiet, 1987, jüst vör mien Abiball, aver dat weer dormols nich dat eenzige, to Sülverhochtiet, dor hebbt se dat richtig krachen laten, extra een Maschinenhall harrn se buut, de denn jüst fardig weer, un denn avends Pulter-

avend in de Hall, annern Morgen een Empfang, ok dor, un ant Wekenend denn noch een Familienfest in Dörpskrog, ik will gor nich weten, wat dat all kost hett – jedenfalls: fiert hebbt se gern, un Vadder noch veel leever as Mudder, de normalen Geburtsdaag, dor keemen över den ganzen Dag so sösstig, söbentig Lüüd, dat weer normal, un runde Geburtsdaag oder Hochtietsdaag wörrn in Krog fiert, un so schull even ok de Golden Hochtiet in Krog fiert warrn. Vörher aver wullen se in de Kark, nochmol een Hochtietsgottesdeenst hebben.
Also keem de Pastorin, üm ehre Predigt vörtobereiden, nah mien Öllern un hett ehr utfroogt över ehre Ehe, un dat weer würklich lustig. Ik meen, mien Öllern hebbt keene Droomehe föhrt. As se heiraat hebbt, 1962, dor weer Vadder 28 un Mudder 27 Johr olt, dat weer för dormolige Tieden al recht olt. Ik glööv, Vadder weer froh, överhaupt een Fru to kriegen, un Mudder kunn sik erst nich entscheiden un harr nu Angst, een ole Jungfer to warrn. Un denn harrn se sik funnen un hebbt vun nu an tosamenholen, ok wenn dat för beide machmol nich licht weer. As ik een Jung weer, in de Grundschool, dor is Vadder machmol utneiht un hett Mudder mit de ganze Arbeit alleen laten, bit he irgendwann besopen wedder keem.

Dormols harr Mudder to lieden, dat weer so, aver later, as Mudder Depressionen kreeg, hett Vadder dat utholen, ok wenn dat för em nich ümmer een Spoß weer. Un nu, ant End, as Vadder olt un schwach weer un de Hölp vun Mudder bruken dä, dor weer Mudder machmol recht gemein to em; he weer langsamer worrn un se leet em oft nich utschnacken, un machmol heff ik dacht, dat is nu Mudders Rache för fröher, wenn Vadder eenfach afhult is un ehr schlecht behannelt hett, aver insgesamt, ik meen, Mudder weer dor; Vadder weer dor; se hörten tosamen, un ant End weer de Ehe vun mien Öllern so, as Horst Hrubesch dat över den HSV vun 1978 bit 1983 seggt hett: „Wir sind füreinander eingestanden und haben die Scheiße durchgezogen." As ik den Satz leest heff, müss ik glieks an mien Öllern denken, un doran, dat dat nich ümmer blots um Leevde geiht un üm Bottervogels in Buuk, sünnern dorüm, eenfach tosamen to blieven, ok wenn dat nich eenfach is.
Jedenfalls, as de Pastorin dor weer un froogt hett, worüm sik mien Öllern nu jüst in den annern verkeken harrn, dor sä mien Mudder toerst: „Ik harr ok annere hebben kunnt." Un Vadder sä: „Thea kunn goot anpacken, harr Ahnung vun Landwirtschaft un kunn mit de Hannen melken!" Un Mudder anter: „Hannes stünn ümmer alleen in

de Eck un keek so trurig.“ Mehr harrn se nich övereenanner to seggen, aver dat langte för insgesamt över 52 Johren Ehe. Egol, de Pastorin hett dor eene schöne Rede vun mookt, un de Fier weer so, as mien Öllern sik dat wünscht harrn. Ut de Kark sünd se ganz langsam rut gahn, ganz langsam, an jede Siet mit een Stock, aver ümmerhin, ohn Rollator, un denn stünn dor een Kutsch; dat harr een Fründ vun mien Öllern organiseert, un wat hebbt sik de beiden freut, Vadder weer so anröhrt, he fung wedder an to blarren, aver dütmol hett Mudder nich mit em schimpt, un denn sünd se mit de Kutsch nah den Krog hinföhrt, wo de Fier weer. Eenhunnerttwintig Lüüd weern dor, allens weer goot, un Vadder hett de köttste Reed vun sien ganzet Leven holen, „Prost!“, hett he ropen, ohn to stottern, un denn hebbt wi fiert, dat letzt Mol, aver dat wüssen wi dormols noch nich.
Vörher heff ik dacht: Villich is dat de Afschluss, Golden Hochtiet, un denn geiht dat mit Vadder villich to End, wenn de Anspannung un de Vörfreud vörbi is, aver dat keem anners; Mudder kreeg een Lock tofaten, een frische Depression. Vadder weer so as ümmer, aver nu harr Mudder, de vörher so aktiv weer un kookt un backt un morgens mit mi molken hett, to nix mehr Lust, keen Freud an nix, un de Tiet, de nu keem, weer -

so glööv ik - de schlimmste in ehre gemeinsame Tiet; denn Mudder heel op mit Auto föhren, un mit eenmol weer allens so schwor; se harrn sik nix Nieges mehr to vertellen, kunnen nich vuneenanner weg un güngen sik op de Nerven. Dat weer de Tiet, as ik in ehr Olendeel den ersten Stock erst entrümpelt heff un denn utbuen leet, wiel unse öllste Dochter Marie dor intrecken wull, aver nich mol dorop hebbt se sik freut, sünnern blots dacht: „Oha, wat förn Stress!“ Un ofschonst ik so goot as nix wegdoon heff vun all ehren Kroom, den se in 52 Johren ansammelt harrn, meenen se, ik wull allens blots wegschmieten, ehr ganzet Leven wull ik wegschmieten. Aver as Marie denn bi ehr introcken is, dor hebbt se sik doch bannig freut, dat dor wedder een beten Leven in de Bude keem.
In April 2014 is Vadder achtig worrn, in Oktober mien Mudder. Eegentlich wull Vadder sien Geburtsdag groot fiern; denn he wüss, dat wörr sien letzten runden Geburtsdag ween; sien Hart weer schwach; de Ärzte harrn em dree Johr vörher noch dörchschnittlich twee Johren to leven geven, un man harr noch wat moken kunnt, aver Vadder wull nich mehr; he harr keen Lust mehr op Krankenhuus un Reha; he wull bit Huus blieven. He sä: „Ik bün froh, wenn ik hier noch son beten mit-

lopen kann.“ Un he wüss, wörr he irgendwat mit Hart kriegen, denn wörr dat dat End bedüden. Also wull he groot fiern, aver mien Broder un ik hebbt em överreed, sien Geburtsdag tosamen mit Mudder to fiern, an 5. Oktober, Oorndanksünndag, 160. Geburtsdag, in Krog, un an Vadders Ehrendag hebbt wi bi em int Hus fiert, wokeen kümmt, de kümmt, wi harrn Bockwüss un Kartüffelsalat, all de Lüüd weern dor, un as een Buddha seet Vadder int de Mitt, op sien Platz, op sien Sofa, in siene Kuhl, un allens weer goot.

Denn, över Sommer, hebbt wi Pläne mookt för de groote Fier. Hunnertveertig Lüüd harrn se inlaad; all hebbt sik dorop freut, bit op Mudder, de ümmer noch dat Depressionslock to faten harr, un denn, an 23. September, twölf Daag vör de groote Fier, dor seet Vadder op Sofa, so as ümmer; he harr Buukweh, un Marie keem rünner un wull frogen, of se mien Öllern wat vunt Inköpen mitbringen schull, un denn seten se tosamen, Mudder, Vadder un Marie. Mien Vadder vertell, he harr dat nich goot, se harrn den Doktor al anropen, un Marie schull mi anropen, ik schull komen; he wüss nich recht, worüm, aver ik schull komen, un denn schnacken se noch doröver, wat mien Öllern fröher mookt hebbt, op den Hof, wenn een Koh Buukweh harr, un Vadder sä:

„Och, wi hebbt ehr ok mol een Buddel Kööm geven…“, un denn, merrn in Satz, full Vadder nah de Siet, verdreih de Ogen un weer weg.
Marie hett – ik find dat hüüt noch unglöövlich - den Notarzt anropen, den Huusarzt nochmol un mi: „Opa ist zusammengebrochen!“, hett se ropen, ik weer jüst mit den Trecker op de Koppel un föhr forts los, un denn hett Marie ünner telefonische Anleitung vun de Leitsteed mit Hartmassage anfungen, bit de Husarzt keem, un as ik dor weer, dor keem ok de Notarzt, un de Huusarzt keek mi an un schüttel den Kopp, aver as de Notarzt dor weer, leep dat ganze Programm af, över annerthalv Stünnen hebbt se versöcht, Vadder wedder trüch to holen, aver ik harr ehr forts seggen kunnt, dat dat to laat weer. Vadder weer weg; ik heff dat sehn, as de Notarzt em dat Oog open möök, üm dorin to lüchten, un ik heff Vadders Oog sehn. Ik entsinn mi, Vadder hett ümmer seggt: „Wenn du weten wist, of een Koh oder een Kalv noch dörch komen kann, of dat noch een Chance gifft, denn musst du ehr int Oog kieken. Wenn int Oog noch Leven is, denn kann dat wat warrn!“ Un ik heff in Vadders Oog keken; dor weer keen Leven mehr. Dor wüss ik: Vadder is gahn; Vadder is doot. Un so weer dat, ofschonst se noch allens rutholt hebbt, Medikamente, Bloot-

verdünner, Adrenalin ohn End, Elektroschocks, aver Vadder weer doot un bleev doot; sien Tiet weer even komen. Liekers heff ik tokeken, nich de ganze Tiet, aver ümmer mol wedder, un ik müss denken, komisch, Vadders letzte Regungen koomt blots vun Elektrik, un sien Buuk, de wackel, de grote Buuk, nie mehr wedder warr ik sien Buuk wackeln sehn, wenn he lacht, dat kunn he goot, mit'n Buuk wackeln bit Lachen, un dat is nu vörbi.
Nah een Stünn heff ik froogt, of dat nu würklich ween müss, Vadder is achtig Johren olt un schwor hartkrank, un de Notarzt sä: „Ich kann verstehen, dass das für Sie schwer zu ertragen ist, aber wir sind verpflichtet, alles zu versuchen. Wenn Sie das nicht aushalten können, dann gehen Sie bitte raus." Un Vadder harr een Patientenverfügung, aver wi hebbt ehr nich funnen, un irgendwann, dor seten wi all in de Köök bi mien Mudder, mien Fru, mien Kinner un ik, all weern se komen, dor keek de Notarzt rin un vertell uns, wat ik al wüss un wat wi all ahnen: „Wir haben alles versucht, aber er hat es nicht geschafft. Mein herzliches Beileid." Un denn wies he op Jon, unsen Jüngsten, nehm mi bisiet un sä, Jon schull nich mit rin komen, Vadder harr blaue Placken, un dor keem Bloot ut Nääs

un Ohren un Ogen, dat weer keen Anblick för Kinner, aver ik wüss dat beter.
Ik heff den Bestatter anropen, un denn hebbt wi töövt, dat mien Broder mit sien Familie keem. All weern wi dor; de ganzen ölben Lüüd, de veer Johr vörher in de Intensivstation weern, üm villich Afscheed to nehmen, keemen nu in Vadders Stuuv, uns würklich to verafscheeden, un denn stünnen wi dor, all tosamen, ganz liesen weern wi, eene Familie; ik müss an Horst Hrubesch denken, „Wir sind füreinander eingestanden und haben die Scheiße durchgezogen.“ Un so trurig dat ok weer, so schön weer dat ok. Wi weern tosamen, in Truer, un Vadder leeg, as so oft, op Sofa, sien Sofa, sien Platz. Wi leten uns Tiet, un ik heff dacht, so hett Vadder dat wullt, zack un weg, nich lange Johren dement ween, eenfach doot, int Huus, wat för een schönen Doot, un as se stünnenlang op em rümarbeit hebbt, dor weer he al weg.
Un as de Bestatter keem, heff ik holpen, Vadder int Auto to dregen. He weer jo nich de lichteste. He harr twee Leevlingssprüche: „Een Mann ohn Buuk is een Krüppel.“ Un: „Een Mann ünner hunnert Kilo is een Männlein.“ Un tominst, wat den tweeten Spruch angüng, hett he em nich inlöst. Op siene Grötte vun 1,65 Meter hett he dat

eenfach nich schafft, över hunnert Kilo to komen, ofschonst he allens versöcht hett, förwohr, aver düssen Triumph hett he för mi överlaten, un, wat schall ik seggen, för mi weer dat keen Problem. Jedenfalls, as wi Vadder to drütt hoch böhren, dor müss de Hölper vun Bestatter pupsen, un ik kunn nich anners, ik müss lachen. Sogor, doot, op Sofa, weer Vadder noch för een Lacher goot. Un denn packen wi em int Auto, un weg weer he. Wi seten denn noch tosamen, hebbt noch wat drunken un sünd all nah Hus föhrt, blots Marie un Mudder bleven trüch, un Marie hett in de nächsten Weken mit mien Mudder in een Bett schlopen, üm ehr to trösten un bi ehr to ween, miene groote, starke Deern.

De Daag dornah

An nächsten Dag drepen wi uns bi mien Mudder int Huus mit den Bestatter un beschnacken de Truerfier, un ik müss bi den Kröger anropen un de Geburtsdagsfier för hunnertveertig Lüüd afseggen un den Saal een poor Daag vörher för den Truerkaffee, Beerdigungskoken un Kääs- un Mettwussbrot to reserveeren, nu för rund tweehunnert Lüüd. Weer keen Problem, de Kröger hett wiss dacht, een Geschäft verloren, een Geschäft wunnen, so is dat mit dat Leven un den Doot, un denn froog de Kröger, of dat to den Kaffee denn noch een Schnaps geven schull, un ik leeg den Hörer bisiet, üm dat mit Mudder un Broder to beschnacken, aver wi weern uns gau eenig, natürlich schull dat een Schnaps geven; ik meen, in Vadders letzte Wöör güng dat üm nix anners as Schnaps. He weer bestimmt keen Süper, un dat meiste, wenn he övert Supen vertell, weer blots Schnackerie, aver Vadder much dat total gern, in Gesellschaft antostöten, dat weer ümmer een Ritual, bi all de Fiern, de mien Öllern mookt hebbt, dat Vadder dat Glas hochböhr un Prost! sä,

un dat Schlimmste, wat Vadder över een Fier seggen kunn, weer: „Wi hebbt dor nich mol een Kööm kregen!“ Also hebbt wi Schnaps bestellt, nah den Beerdigungskoken un den Kaffee.
Noch an den Dag kregen wi de Truerkorten un hebbt se int Dörp utföhrt; de Verwandten un de besten Frünnen vun mien Öllern hebbt wi anropen, un Uwe, een vun de besten Frünnen, schall, mit Blick op de Geburtsdagfier een poor Daag later, seggt hebben: „Na, de veerteihn Daag harr he ok noch töven kunnt!“ Ik müss lachen, as ik dat hör. Un Vadder harr wiss ok lacht.
Denn, nah een poor Daag, in de wi veel weent hebbt, wiel wi ümmer wedder de Geschicht vun Vadders Doot vertellen müssen, sünd Mudder, mien Broder Udo un ik nochmol hinföhrt, in de Truerhalle, üm Vadder antokieken, un as ik later markt heff, güng dat noch üm mehr. Wi müssen nämlich kieken, of Vadder tatsächlich doot bleven weer.
Machmol is de plattdütsche Spraak jo genauer as de hochdütsche. Wenn dat üm den Doot geiht, gifft dat int Hochdütsche blots dat Verb „sterben“. Int Plattdütsche hest du de Verben „starven“ un „doot blieven“. Un dat is nich dat sülbige. Storven is mien Vadder an Dingsdag, den 23. September 2014. In sien Starveurkund steiht:

„Zeitpunkt des Todes: 18.51 Uhr“. Dat weer de Tiet, as de Notarzt opgeven hett un ok insehg, dat dat to End weer.
Dat Vadder tatsächlich doot bleven weer, hebbt wi erst een poor Daag later endgültig begrepen, as wi noch eenmol nahkeken. Vadder weer opbahrt in de Truerhalle. Dor leeg he in den Schien vunt Talglicht; he sehg goot ut, as wenn he schlopen wörr, ganz friedlich, noch nich mol besünners blass, eher rosig. Blots achter an Kopp, achter de Ohren, kunn man sehn, dat he anfungen harr, sik to verfarven. Sien Füerwehruniform, de se em antrocken harrn, stünn em goot.
Mudder hett em över de Wangen striekelt, denn hett se sien Hannen nohmen un füng an, mit em to schnacken: „Nu büst du so kolt un wullt mi alleen laten? Du harrst mi doch mitnehmen kunnt!“, un se weer so zärtlich to em, as se dat int Leven blots selten west is. Udo un ik keken ehr to un töövten still. Mudder hett denn nochmol ünner de Deck luschert, of Vadder ok Socken anharr, dormit he ünnerwegens keen kole Fööt kriegen wörr. Denn seggen wi, se schull man Afscheed nehmen, un se ei em nochmol, hett sik afwendt, sik aver denn plötzlich nochmol ümdreiht, Vadder een beten groff anstött un „Hu!“ ropen, aver Vadder röög sik nich. Keen Reaktion. „Laat Vad-

der nu man schlopen.“, sä ik, un mien Broder nehm Mudder in Arm un sä: „Koom man, Mudder.“
Een letztet Mol keken wi em an, un mi wörr klor, wo archaisch düsse Szene weer. As de Apen, so dach ik, staht wi hier un kiekt nah, of Vadder würklich doot bleven is. Un he weer doot, ümmer noch doot, he is tatsächlich doot bleven, sünst weer he jo opwakt, as Mudder em anstött harr. Un wokeen weet, wo wi uns verfährt harrn, wenn Vadder tatsächlich de Ogen opmookt harr.
As de Dag vun de Beerdigung keem, drepen wi uns vörher mit de Familie int Gemeindehus. De Kark in Wankendörp weer vull, översvull, Vadder as Ehrenmitglied vun de Füerwehr, as Kommunalpolitiker, as Ehrenvörsitter vun den Rietvereen, as olen Stolper Buern, in Stolpe geboren, in Stolpe doot bleven, harr een grote Truergemeinde tosamen bröcht, un een besünneren Moment weer, as wi mit de Familie in de Kark rin güngen, an all de Lüüd vörbi, un all stünnen se op un neigten ehre Köpp, üm mit uns to truern, un mi wörr so warm ümt Hart vun soveel Mitgeföhl. De Predigt weer wunnerbor; de Pastorin vertell lang vun Vadder, un an de een oder anner Steed müss ik sogor lachen. Blots, as se teemlich ton Schluss anfung dormit, dat Jesus nu Vadder in siene

Erlöserarms opnehmen schull, dor heff ik afschalt, denn dor kann ik nich an glöven, aver is al klor, dat de Pastorin sowat seggen mutt, in de Kark. Ant End, buten, vör de Kark, hett een vun Vadders Füerwehrkameraden mit de Trompete een Truerleed speelt, un as dat Auto mit den Sarg nah dat Krematorium afföhr, füng dat liesen an to regen.
Achteran, bi'n Kröger, de Saal weer vull, de Lüüd schnacken un lachen, oh, wat heff ik dat fröher hasst, Beerdigungskaffee, aver hüüt weet ik dat beter, dat is jüst richtig so, un as all de Lüüd ehren Koken un ehr Mettwussbrot opeten harrn, sünd Udo un ik opstahn, hebbt töövt, bit se all wat to drinken harrn, hebbt noch een beten vertellt, ik heff seggt, dat Vadder toletzt noch vun Kööm schnackt harr, un an Disch vör mi fung Marie, mien Deern, de so tapfer versöcht harr, Vadder to retten, an to weenen, un Peer, ehren Broder, de blangen ehr seet, nehm ehr in Arm, üm ehr to trösten, un ik dach, se sünd sik nich jüst de besten Geschwister, aver egol, wi sünd een Familie, wi holt tosamen, ant End holt wi tosamen, as Horst Hrubesch sä: „Wir sind füreinander eingestanden und haben die Scheiße durchgezogen.“ Un denn heff ik mien Glas hochböhrt un Prost! seggt, jüst so, as Vadder dat fröher

ümmer mookt hett, un denn hebbt wi drunken op mien Vadder, op sien Leven un sien Doot, un dat weer goot, in düssen Moment nich alleen to ween; so weer dat nich blots schwor, sünnern ok schön.

As wi later wedder rut keemen, ut den Krog, dor regen dat düchtig, un dat weer meist duster, merrn an Dag. Aver dat wörr ok wedder hell.

Wat blifft

Un nu is Vadder also doot. Een vun mien Footballerkollegen, ok in Stolpe opwussen, sä an Sünndag dornah to mi: „Mit dien Vadder is wedder een Stück vun dat ole, dat bäuerliche Stolpe storven.“ Un so is dat ok. De Tieden, as man in Wankendörp noch in Gummistebeln un Stallklamotten in de Bank gahn kunn, üm Geld aftoheben oder to överwiesen, sünd bald vörbi. Achteran noch stinkig bi'n Bäcker Brot köpen oder Fleesch bi'n Schlachter, mit Kohschiet an de Büx, dat is nich mehr normal, un man warrt komisch ankeken. Dat weer fröher, to Vadders Tieden, noch anners. Vör twintig Johr noch hett de Raiffeisenbank noch „Gummistebelbank“ heten; dor weer Waren- un Bankgeschäft noch tosamen, un all de Buern hebbt sik achter Dünger holt un sünd denn vun achtern in Gummistebeln in de Bank rinkomen un hebbt sik Geld holt.

As ok ümmer dat is, Vadder is nich mehr dor. He is eenfach nich mehr dor. Sien Platz op Sofa is lerdig, ofschonst de Kuhl vun sien Mors noch dor is. Un ik kann Vadder nix mehr frogen. Ik kann

nich frogen, wo op den Acker de Drainagen loopt. Dat wüss he ümmer, un dat wüss blots he; dor gifft dat keen Korten oder Pläne vun. Un ok all de annern Saken kann ik em nich frogen, wokeen op welke Art mit uns verwandt is; dat wüss he allens. All de Dutzende vun Vettern un Cousinen, de he harr - ik heff dor keen Överblick, den harr blots Vadder, ok Mudder weet dor nich Bescheed. Un ok sien Erfahrung mit de Köh, mit de Treckers oder mit siene Welger-Press – nu, ik kann em nich mehr frogen; ik mutt alleen trecht komen. Aver ik bün nu 47, olt noog eegentlich, dat schall woll klappen.
Un ofschonst ik funn, Vadder hett een richtig goden Afgang hatt – jüst to rechte Tiet, gau storven, ohn vörher dement to ween, wat dat schlimmste weer, wat he sik vörstellen kunn - blievt dor doch een poor Saken, de ik nu, achteran, gern anners mookt harr. Ton Bispeel heff ik Vadder nich vertellen kunnt, dat ik sien Trecker Helmut verköfft heff. Ofschonst dat mien Trecker weer. He harr mi em schenkt, 2007, as Buer Helmut ut Stolpe opheel mit Buerspelen, dor harr Vadder em düssen olen Trecker – Bujohr 1976, 65 PS, Fendt Farmer 106 S – ut een sentimentalet Geföhl rut afköfft un denn mi schenkt. Un ik heff em nich bruukt; he stünn de

meiste Tiet in Weg un kost Geld för Versekerung un Wartung, un irgendwann, Fröhjohr 2014, heff ik em verköfft, an een Fan sogor, ik müss den Trecker signieren, as de Köper em afholt hett, un so harr ik wedder mehr Platz in de Halle un een beten Geld in de Kass, aver ik heff mi nich truut, Vadder dat to vertellen. De ganze Tiet heff ik op de richtige Gelegenheit töövt, un denn, mit Mol, weer Vadder doot.

Un ik harr gern mehr Tiet tobröcht, ton Schluss, mit Vadder. Ik meen, ik heff ümmer dorünner leden, as Jung, dat mien Öllern keen Tiet för mi harrn, för uns, aver ik harr ok keen Tiet för mien Öllern, nu, wo se dat bruukt harrn. Ton Bispeel hebbt se jo nix lever mucht, as över Land to föhren. Tscha, un in de letzten Johren kunnen se dat nich mehr. Vadder dröff siet sien Hirnoperation nich mehr föhren - wenn man dat genau nimmt, kunn he dat al vörher nich mehr richtig; wo schön, dat nie wat passeert is, rechts vör links, ton Bispeel, kunn he nich mehr, he hett wiss ümmer dacht: Ik bün in de CDU, ik koom ümmer vun rechts, ik heff ümmer Vörfohrt! – naja, un Mudder hett för dree Johr opholen to föhren. För de letzte groote Tour, de mien Öllern mookt hebbt, nah Dithmarschen, to Kurdrepen, heff ik ehr dat Navi lehnt; denn as ümmer harr ik Angst, se wörrn sik verfohren. Machmol leest man dat ja in de Zeitung: „Älteres Ehepaar verfährt sich um 430 Kilometer", dat harrn mien Öllern ween kunnt, jojo, wi kennt den Weg, un denn is dor een niege Ümgehungsstraat, un se kennt dat even nich, un se sünd to stolt, üm nah den Weg to frogen, wi sünd doch Holsteeners, wi kennt den Weg, un denn föhrt se un föhrt se, bit de Tank lerdig is, un denn sünd se nich in Dithmarschen, sünnern in Düsseldörp oder wat. Jedenfalls harr ik mien Öllern dat Navi programmiert, un Mudder sä: „Wi föhrt genauso, as dat Diert dat seggt.", ofschonst Vadder an jede Krüzung sä: „Dat is verkehrt, hier mööt wi links, nich rechts.", aver Mudder föhr nah Navi un is ankomen un ok wedder trüch, un noch nah Weken hett se ümmer wedder seggt: „Dat kann ik gor nich glöven, dat lütt Diert, dat dat den Weg weet, nee, nee, jüst dorhin, wo wi hinwullen, kannst di dat vörstellen?" Joo, kunn ik, aver dat weer de erste un ok de letzte Tour, de Mudder mit Navi föhrt hett, denn bald dornah hett se ok opholen mit Föhren, un dat is ok goot so, denn se is twars nich in de CDU, aver rechts vör links kunn se liekers nich.

Naja, un denn heff ik dacht, villich kunn ik ja af un to mit Vadder un Mudder över Land föhrn, mol för een Stünn oder twee, se wörrn sik wiss freuen, mol kieken, wat de annern Buern mookt, op Feld, un ik heff dat genau eenmol schafft in düsse meist veer Johr siet Vadders Operation an Kopp. Eenmol weern wi tosamen ünnerwegens, över Land, eenfach so, un mien Öllern weern goot to schnacken, genau as fröher, wenn se över Land föhren, un wi hebbt jüst so as fröher ünnerwegens Brotwuss mit Pommes eten, un allens weer goot. Un ik wull dat wedder mol moken, aver ik heff mi de Tiet nich nohmen, un denn weer Vadder doot un dat weer to laat.

Un so heff ik, wenn ik an Vadder denk, nu ümmer een lütt schlecht Geweten. Wiel ik keen Tiet harr för mien Öllern. Wiel ik se mi nich nohmen heff.

Wenn ik hüüt över unsen Hof gah, denn seh ik ümmer wedder Spuren vun Vadder. Twars heff ik sien vullscheetene Melkermützen wegschmeten, de noch lang vör den Melkstand hungen hebbt, aver liekers is dor veel op den Hof, wat mi an Vadder erinnert, un ant End is he natürlich ok in mi. As jungen Kerdl wull ik ganz anners warrn as Vadder, allens wull ik ween, aver blots nich so as he, un hüüt mark ik ümmer wedder, wo ähnlich ik em bün. Gewiss, ik bün grötter as een sittendet Schwien, un ik weeg mehr as een Doppelzentner, aver sünst bün ik in veele Dinge jüst as Vadder. Sogor Saken verspreken un ehr nich holen kann ik jüst so as Vadder; denn mien Kinner töövt ümmer noch dorop, dat ik mit ehr een Boomhuus bu - un versproken heff ik dat in Schwedenurlaub 1999. Un blarren kann ik as Vadder; de Leevde to dat Land heff ik vun em, un dat Supen in Gesellschaft kann ik ok goot. Blots rechts vör links, dat kann ik beter as Vadder. Aver ik bün jo ok nich in de CDU.

De Kortenspelers

Eegentlich hebbt mien Öllern de meiste Tiet blots arbeit. Veel Platz för wat anners hebbt se in ehr Leven nich laten. Nu is Mudder olt un schwach, un Vadder is doot.

Dörch all de Tieden, weern se schwor oder licht, hebbt mien Öllern doch eens hatt: Ehren Kortenclub. Siet över föfftig Johren dreept se sik all twee Weken eenmol mit de Kortenspelers. Siet över föfftig Johren ümmer de sülbigen: Heinke un Uwe, Hermann un Traude, Hauke un Helga, Erika un Helmut. Un eben Hannes un Thea, mien Öllern. De Kortenspelers weern so präsent in dat Leven vun ehr Kinners, dat mien Broder un ik fröher ümmer Unkel un Tante to de Kortenspelers seggt hebbt, un för de Kinner vun de annern weern mien Öllern Unkel Hannes un Tante Thea.

Siet över föfftig Johr ümmer dat sülbige: Erst warrt schön tosamen eten, denn speelt de Männer Skat un de Fruns irgendwat anners, wat Lichteres. Intwüschen mookt se dat nich mehr avends, sünnern nahmiddags. Se sünd ja all Rentners. Un se sünd weniger worrn. De erste, de storven is, weer Unkel Hermann. Dat is een poor Johren her. Krebs. Un Tante Heinke is 2012 storven. Ok Krebs. Bi ehr Truerfier weer ik dor, in de Kark.

Wenn de Paster een Truerreed höllt, denn lett mi dat meist recht koolt. Dat Gesabbel vun Gott un Jesus hett mi oftins to wenig mit den Minschen to doon. Aver bi Tante Heinke ehr Truerfier stünn Tante Traude op un sä, dat de Kortenspelers sik nu siet meist föfftig Johren dreept un dat Tante Heinke nu de tweete weer, de fehlt. Un denn sä Tante Traude: „Aver wi speelt wieder. Solang wi köönt, warrt wi wieder spelen."

Düsse Wöör drepen direkt int Hart. Ohn veel Pathos, ohn den ganzen Erlöserquatsch. „Solang wi köönt, warrt wi wieder spelen." Ik kunn gar nich mehr opholen to blarrn, dormols.

Nu is Vadder de drütte ut de Runde, de nich mehr dor is, un Mudder is vun de, de noch dorbi sünd, de ölltste. Vun teihn Lüüd sünd noch söben dorbi, un noch genau dree Kerdls, soveel bruukt man för Skat. In Krog, bi Vadders Truerfier, dor heff ik to Tante Traude seggt: „Wat ümmer ok is, Tante Traude, ji mööt wieder spelen!" Un se anter: „Dat mookt wi, mien Jung. As ik dat seggt heff, dormols, in de Kark: Solang wi köönt, warrt wi wieder spelen."

Un dat doot se ok. All twee Weken. Un dat is goot so. Dat Leven geiht wieder. Ok ohn Vadder.

Kaffee un Koken int Moor

Wenn ik nu machmol, ganz plötzlich, merrn an Dag, an Vadder denk, denn heff ik ümmer düt Bild in Kopp:
Vadder un ik sünd tosamen int Moor, in de Wiesch, as mien Öllern ümmer seggt hebbt. Ik bün villich acht Johr olt. Dat is nahmiddags, kott vör Melkertiet, un ik sitt bi Vadder op den Trecker, op den Bifahrersitt. Vadder is ant Heu pressen mit sien olen Fendt un sien ole Welger-Press. Trecker un Press sünd luut. Wenn wi schnacken wüllt, mööt wi uns anbrüllen. Dat is windstill un hitt in de Sünn; de Luft flimmert int helle Licht. Vadders Gesicht is schwatt vun Stoff, un Schweetdruppens rullt em över de Wangen.
Un denn, plötzlich, kümmt Mudder üm de Eck, in unsen geelen VW Käfer, den wi harrn. Se höllt an, stiggt ut un böhrt een Korv ut Auto, afdeckt mit een Geschirrhanddook. Vadder föhrt noch eenmol hin un her, un denn höllt he bi den Käfer an, stellt den Trecker ut, un wi stiegt af. Mit eenmol is dat ganz liesen, so liesen, as dat even luut weer, blots ümgekehrt. Wi sett uns all dree to-

samen in den Schatten vun den Trecker. In den Korv hett Mudder Kaffee mit Melk in een hitte Glasbuddel, witte Brause för mi, Koken un Kääs- un Mettwussbrot. Vadder gifft mi een Stück Koken un nimmt sik sülben ok een, un denn sitt wi un eet un drinkt un sünd tofreden. De Arbeit geiht vöran; dat Heu rükt so wunnerbor, as blots frischet Heu dat kann, un mien Öllern schnacken liesen över de Arbeit un den niegesten Dörpsklatsch, wieldes ik mi noch een Stück Koken ut den Korv hol. De schmeckt superlecker; Koken backen, dat kunn Mudder as meist keen anner. Wi seten dor, uns güng dat goot, un ik glööv, wi wüssen gor nich, wo goot uns dat güng.
Jedenfalls, wenn ik düt Bild in Kopp heff, föhl ik so wat as Glück, un ohn, dat ik dat will, fang ik liesen an to lächeln.